« PAVILLONS »

Collection dirigée par Tina Hegeman et Bernard Oudin

ŒUVRES D'ADOLFO BIOY CASARES
aux Editions Robert Laffont

L'INVENTION DE MOREL
roman

LE SONGE DES HEROS
roman

JOURNAL DE LA GUERRE AU COCHON
roman

NOUVELLES D'AMOUR

PLAN D'EVASION
roman

NOUVELLES FANTASTIQUES

DORMIR AU SOLEIL
roman

LE HEROS DES FEMMES
nouvelles

JORGE LUIS BORGES
et
ADOLFO BIOY CASARES

NOUVEAUX CONTES DE BUSTOS DOMECQ

Traduits de l'espagnol par Eduardo Jiménez

ÉDITIONS ROBERT LAFFONT
PARIS

Titre original : NUEVOS CUENTOS DE BUSTOS DOMECQ
© Adolfo Bioy Casares, 1972
Traduction française : Editions Robert Laffont, S.A., Paris, 1984

ISBN 2-221-01301-8

Préface

Après quelque dix années d'amitié et d'admiration réciproques, H. Bustos Domecq naquit par un matin pluvieux lorsque Bioy Casares proposa à Borges une tentative d'écriture en collaboration que ce dernier croyait impossible.

« Je crois que mon amitié avec Borges date d'une première conversation qui eut lieu en 1931 ou 1932, au cours du trajet entre San Isidro et Buenos Aires. Borges était alors un de nos jeunes écrivains les plus en renom, et moi, un jeune homme qui avait écrit un livre publié en secret et un autre sous un pseudonysme [...] Si différents que nous fussions comme écrivains, l'amitié pouvait exister entre nous, car nous partagions la même passion pour les livres. » (Bioy Casares, L'Herne, n° 4, p. 12-13.)

« Un des principaux événements de ces années-là — et de ma vie entière — fut le début de mon amitié

avec Adolfo Bioy Casares. Nous nous rencontrâmes en 1930 ou 1931, alors qu'il avait environ dix-sept ans et que je venais de dépasser la trentaine. Il est de règle qu'en pareil cas l'aîné soit le maître et le plus jeune son disciple. Il en fut peut-être ainsi au début, mais quelques années plus tard, quand nous commençâmes à travailler ensemble, Bioy était vraiment et sans qu'il y paraisse le maître [...] S'opposant à mon goût pour le pathétique, le sentencieux et le baroque, Bioy me fit comprendre que la sérénité et la réserve convenaient mieux à l'écriture. Si je puis me permettre de m'exprimer en un mot, Bioy me conduisit pas à pas vers le classicisme. » (J.L. Borges, Essai d'autobiographie, *Gallimard, 1970, p. 276.)*

Ainsi, Bustos Domecq s'installa aussitôt entre les deux, les régentant sans vergogne, leur imposant ses fantaisies et son style, « usant et abusant de néologismes, de latin de cuisine, de clichés, de métaphores incohérentes, d'illogismes, de grandiloquence », ne tardant pas enfin à susciter réprobation, voire la fureur d'une partie du public lorsque ce dernier découvrit que le « nom de Bustos était une farce » et que donc « ses écrits ne pouvaient guère être pris au sérieux ». (Borges, op. cit., *p. 277.)*

Au-delà du goût de la supercherie et de l'insolence, de cette satire de la société argentine, de l'engagement contre « un président dont je ne veux pas me rappeler le nom » (Borges, op. cit., *p. 274), ces* Nouveaux Contes de Bustos Domecq *et ces* Deux Fantaisies mémorables *soulèvent à nouveau le mystère d'une collaboration longue et prolifique.*

De quoi est-il donc fait, ce Bustos Domecq, que Borges qualifie d'imbécile avant de le couvrir d'éloges ? « En ce qui concerne les Chroniques *de Bustos Domecq, je crois qu'elles sont meilleures que tout ce que j'ai publié sous mon propre nom et presque aussi bonnes que quoi que ce soit que Bioy ait pu écrire de son côté. » (*Essai d'autobiographie, *p. 278.)*

Quelle est la part de l'un et de l'autre ? Comment deux auteurs peuvent-ils collaborer ? Quelle est la méthode de travail utilisée ? Borges s'en est expliqué à maintes reprises, notamment lors de ses conversations avec Ronald Christ (cité par Emir Rodriguez Monegal in Jorge Luis Borges, Biographie littéraire, *Gallimard, 1983, p. 427) : « Quand notre travail est réussi, alors ce qui en sort est quelque chose de fondamentalement différent des textes de Bioy Casares et des miens [...] Nous avons donc créé entre nous une sorte de troisième personne ; d'une certaine manière, nous avons engendré une troisième personne qui ne nous ressemble pas du tout. »*

Et un peu plus loin :

« En général, nous examinons ensemble l'intrigue avant de mettre la main à la plume [...] Avant de commencer à écrire, nous discutons de l'ensemble de l'histoire ; puis nous passons en revue les détails, nous les modifions, bien sûr, nous réfléchissons à la meilleure manière de commencer, puis nous nous disons que le commencement pourrait très bien être la fin, ou que ce serait plus frappant si tel ou tel personnage ne disait rien du tout ou répondait complètement à côté de la question. Une fois que

l'histoire est écrite, si vous nous demandez si cet adjectif ou cette phrase particulière viennent de Bioy ou de moi, nous ne pouvons pas le dire. »

Dans son Essai d'autobiographie, *il précise enfin les conditions nécessaires à une collaboration littéraire :*

« Je crois que la collaboration requiert un abandon simultané de tout ego, de toute vanité et peut-être même de la politesse courante. Les collaborateurs doivent oublier leur personnalité et ne plus penser qu'en fonction de l'ouvrage. »

Exercice ardu, périlleux sans doute, mais payant si l'on en croit Bioy Casares à qui nous laisserons le mot de la fin : « Toute collaboration avec Borges équivaut à des années de travail. » (L'Herne, *n° 4, p. 17.)*

Eduardo JIMÉNEZ

Le salut par les œuvres

1.

Je donne entière raison à mon collègue de bureau don Tulio Savastano, qui semblait être hors de lui ce matin, vantant avec enthousiasme la fête offerte dernièrement par Mme Webster de Tejedor à une bonne partie de ses relations, dans sa résidence de Olivos. Celui qui indéniablement y assista en personne fut José Carlos Pérez, personnage de grande envergure sociale et surnommé Baulito [1]. Le cou épais, costaud dans ses vêtements ajustés, petit mais souple et fringant, une fripouille style vieille garde, célèbre pour ses gnons et son mauvais caractère, le Baulito est de plein droit un élément populaire et chéri dans tous les cercles, en particulier là où on peut trouver des girls et des chevaux.

1. Petit Bahut (N.d.T.).

Don Tulio jouit du libre accès à la maison de notre héros parce qu'il lui porte les livres ; il a réussi à s'infiltrer dans les dépendances, sans oublier la réception ni la cave. Pour le moment, le Baulito lui accorde toute sa confiance et lui glisse en catimini de drôles de confidences. Mes paroles sont fondées ; dès que j'aperçois don Tulio, je lui saute à la gorge et je ne le laisse plus en paix avant de lui avoir soutiré les potins de la veille. J'en arrive à la dernière fournée ; ce matin, Savastano, pour se débarrasser de moi d'une façon ou d'une autre, raconta avec force détails :

« Croyez cela et buvez de l'eau fraîche : le Baulito, qui même si ça ressemble à un bobard en a eu assez de la Tubiana Pasman, a maintenant des vues sur Mlle Inés Tejerina, qui se trouve être la nièce au premier degré de Mme Tejedor, celle du bal. La Tejerina est une beauté de grande envergure sociale et elle est riche et elle est jeune. Elle ne dédaigne pas le Baulito ; j'irais bien de temps à autre à l'Institut Pasteur pour me faire piquer contre la jalousie. Mais le Baulito sait ce qu'il fait ; il veut que les femmes soient les esclaves du despote qu'il porte en lui, et pour la remettre à sa place il se mit à courtiser pendant le bal Maria Esther Locarno, une parente pauvre de la Tubiana, qui avait laissé loin derrière elle une jeunesse toujours ingrate. La médisance générale s'accorde à dire qu'elle a d'autres défauts, et bien pires. Je tiens toutes ces choses du Baulito, qui me les a révélées tandis qu'il répondait à une lettre du club de boxe et que je léchais le timbre.

« Tout se déroula comme un coup du Grand Maître

d'échecs Arlequin [1]. La Tejerina était complètement dingue et le Baulito aux anges, comme si on lui faisait des chatouilles. Un détail l'amusa : la Maria Esther ne lui témoigna pas tellement d'égards. Rends-toi compte de cette énormité : la femme la plus disgracieuse de la soirée jouant les dégoûtées devant ce prétendant de luxe qu'est le Baulito. La Tejerina ravala sa colère tant bien que mal, parce qu'en fin de compte elle a reçu une éducation soignée ; mais à trois heures et quart, elle flancha et on la vit s'enfuir en courant et en larmes. Certains lui reprochent d'avoir trop levé le coude mais l'opinion générale soutient qu'elle pleurait de dépit, parce qu'elle l'aime.

« Je retournai le lendemain chez le Baulito ; il était radieux et rebondissait à qui mieux mieux sur le tremplin de sa piscine que c'en était un plaisir. »

2.

Nous reprîmes cette conversation le mercredi. Savastano arriva quelque peu en retard mais votre serviteur avait déjà pointé pour lui. Notre homme était hilare et sur le revers de son veston se détachait un œillet encore plus beau que ceux de M. Zamora. Une confidence par-ci, une confidence par-là, il me dit :

« Hier soir le Baulito m'alloua une forte somme,

1. Alekhine, le fameux joueur d'échecs russe (N.d.T.).

afin d'acquérir chez le fleuriste de l'avenue Alvear un bouquet d'œillets pour Mlle Locarno et de les lui porter en main propre. Heureusement qu'un de mes parents est fleuriste à la Chacarita et qu'il me fit un prix ; avec la différence je me payai le déplacement.

« La demoiselle vit en haut d'une maison rue Marsilla, au coin d'Ecuador, le rez-de-chaussée étant occupé par un horloger. Je gravis l'escalier de marbre en tirant la langue et ce fut l'intéressée qui m'ouvrit elle-même la porte. Je la reconnus aussitôt, elle correspondait en tout point à la description du Baulito. Elle faisait plutôt grise mine. Je lui remis les œillets avec la carte et elle me demanda pourquoi M. Baulito avait pris cette peine. Elle ajouta qu'elle en garderait la moitié, pour m'éviter de la fatigue, et me chargea, sans me donner un sou, d'aller porter le reste, avec sa carte, à Mlle Inés Tejerina, résidant rue Arroyo. Il ne restait qu'à obéir, après avoir mis de côté quelques œillets pour mon épouse, qui est si affectueuse. Chez la Tejerina, le concierge se chargea personnellement de la corvée.

« Quand je lui racontai mon odyssée, le Baulito décréta, avec une simplicité de haute volée qui me rappela M. Zarlenga : “ J'aime les femmes qui ne rendent pas du premier coup. ” Il admit que la dénommée Locarno n'avait rien d'une gourde et que l'envoi des fleurs était une véritable trouvaille pour faire enrager et trépigner la Tejerina. »

3.

Savastano se réfugia jusqu'à la semaine suivante dans un de ces grands silences annonciateurs des tempêtes. Je parvins enfin à lui soutirer, contre une cigarette, la suite des événements. Il les décrivit :

« Il ne se passe pas un jour sans que je me présente au dernier étage avec les œillets. Comme le répète si bien le Père Carbone, l'histoire se répète. La demoiselle tarde plus d'une demi-heure à ouvrir. A peine me reconnaît-elle qu'elle me claque la porte au nez, non sans m'avoir remis auparavant une carte pour que je la jette à la face de la Tejerina et elle ne me demande même plus pourquoi M. Baulito s'est donné cette peine.

« Il y a plus. Avant-hier, dans la maison de la rue Arroyo, le domestique en livrée me fit entrer au boudoir en compagnie d'un figaro, qui se trémoussait comme une vraie samba, et, après avoir attendu un moment, je fus ébloui par les yeux énormes de la Tejerina d'où jaillissaient les larmes. Elle me dit qu'elle avait beau se cogner la tête contre les murs du living, elle ne comprenait rien à ce qui arrivait et se croyait parfois au bord de la folie. De plus elle était en butte à la haine de cette femme à qui elle n'avait jamais rien fait. Chaque fois qu'elle téléphonait au Baulito, il lui raccrochait au nez. Je lui répondis qu'elle pourrait compter sur un ami désintéressé moyennant un salaire décent. Elle me tendit une grosse coupure et je sortis. Quelle différence avec la Locarno, pensai-je.

« Hier, une surprise m'attendait en arrivant chez la Locarno avec le bouquet de rigueur. La demoiselle ne daigna même pas le cueillir au vol et me cria, du haut de la dernière marche, qu'elle en avait pardessus la tête de ces attrape-nigauds qu'il faut tremper dans l'eau ; que je ne m'avise pas de me présenter le lendemain sans une offre solide, une bague en or ornée d'une émeraude, comme celles de la vitrine de la bijouterie Guermantes. Cet après-midi-là, le Baulito tint à effectuer l'achat personnellement, me privant ainsi de la commission. Je livrai avec plein succès le cadeau dont je cerclai un annulaire à l'ongle rongé. Avant de regagner mon bureau, j'annonçai l'heureuse nouvelle au Baulito qui me récompensa de ces billets de mille. Vous voyez que nous sommes en bonne voie. »

4.

Lors de la rencontre suivante, Savastano poursuivit le récit de son feuilleton :

« Mis en confiance par le succès de la bague, le Baulito saisit le téléphone. Depuis la porte je l'entendis demander, de sa voix de stentor qui se faisait toute douce, si la bague lui avait plu. Les insultes de cette ingrate sans cœur me laissèrent abasourdi ; elle lui conseillait de donner de temps en temps un peu de repos à son bigophone et lui raccrocha au nez aussitôt.

« Le Baulito lança un grand éclat de rire, qu'il ne parvint pas à rendre convaincant, et me fourra un autre billet de mille dans les mains pour faire diversion.

« On dit bien que la fortune sourit aux audacieux. Bien loin de se décourager, le Baulito, tiré à quatre épingles, empoigna sa redoutable canne en fanons de baleine et m'ordonna de le suivre pour voir comment un gentilhomme règle ce genre d'affaires. Telle une ombre, je lui emboîtai le pas avec une grande curiosité.

« Le vieil horloger hollandais monta en même temps que le Baulito, il venait livrer un réveil chez la Locarno. Je restai en bas des marches, histoire de ne pas encombrer l'accès, comme si je surveillais. La porte s'ouvrit, hospitalière. La Locarno parut, défigurée par la rage. Un clin d'œil de la dame, et le petit vieux, ignorant qu'il lui fallait affronter un tigre du ring, attrapa le Baulito par les épaules, le souleva en l'air et le jeta au pied de l'escalier, où je le ramassait hâtivement, de peur qu'on ne nous flanquât une volée à tous les deux. Le flic qui vint à notre secours prit la poudre d'escampette avec la canne et le chapeau. Le Baulito se redressa tant bien que mal et nous nous éclipsâmes par le premier taxi. A la porte de son horlogerie, le pauvre vieux riait comme un bienheureux, avec son visage en fromage de Hollande. »

5.

Notre moderne Schéhérazade, Savastano, reprit ainsi le fil de sa chronique :

« Dans les veines du Baulito coule le sang d'un vainqueur ; de son nouveau lit orthopédique, il m'ordonna l'achat immédiat d'une montre-bracelet, en or à quatorze carats, pour encore plus couvrir de bijoux la Locarno. Les radiographies n'avaient laissé aucun doute : quatre côtes cassées, mis à part les meurtrissures sur la calvitie et le plâtre jusqu'au fémur ; mais, comme on le voit, l'esprit se moque de la matière.

« Il me tendait le fric lorsque le téléphone sonna. " Sans doute la Locarno, qui s'inquiète pour ma santé ", subodora le Baulito sûr de lui. Erreur. A l'autre bout de la ligne, le secrétaire aux Sports en personne lui offrait la présidence du Cercle de Boxe. Incroyable mais le Baulito ne se fit pas prier.

« Une fois dehors, ça me démangea de renouer ma vieille amitié avec le Pardo Salivazo [1]. Tant de souvenirs chéris et oubliés du *Nouvel Impartial* ! L'homme se tenait d'ordinaire au coin de Sarmiento et d'Ombú ; je l'y trouvai, quelques touffes grisâtres dans la chevelure, le visage déjà sillonné de rides et comme qui dirait plus sale, mais toujours

1. Crachat brun (N.d.T.).

aussi grand personnage. Sans tourner autour du pot, je lui demandai à brûle-pourpoint s'il consentirait à m'accompagner dans une mission délicate. Le Pardo, qui à mon avis était paf, accepta.

« En bas de l'escalier fatal, le Pardo qui, à l'instant où on s'y attend le moins, se retranche derrière son égoïsme aboulique, décréta qu'il ne monterait pas et entama une conversation avec un voisin, justement un horloger et celui de la dernière fois. Moi je gravis les marches en tremblotant avec le bracelet que j'avais acheté aux Grands Magasins du Recel. Le doigt hésitait encore sur la sonnette lorsque la Locarno sortit par hasard, désireuse de laver l'escalier à grande eau. Je lui montrai le cadeau, elle ne le refusa pas, tout en soulignant qu'elle préférerait désormais des billets de banque, et procéda sans plus attendre au nettoyage.

« L'horloger m'ouvrit la porte de sa boutique, me convia à sécher mes vêtements contre le petit poêle à kérosène ; je me déshabillai donc. Entre-temps, nous causâmes. L'horloger me révéla que Mlle Locarno n'était pas avare de ses faveurs dans le quartier, et que lui et un Noir étaient les seuls à l'avoir négligée, étant des hommes casaniers.

« Nous nous en allâmes en temps voulu. Salivazo me rendit mon portefeuille dans la rue, m'annonçant sans détour qu'il s'était déjà servi. Il ne me restait qu'à rentrer à pinces. »

6.

« Ce matin, nouveau rebondissement pour ce qui est du Baulito. La résidence, y compris la fosse de graissage, illuminée *a giorno* ! La soif de savoir me propulsa dans l'escalier. Autre surprise ! Le Baulito était debout, arborant le plus orgueilleux des cigares. Il me dit qu'il avait de bonnes nouvelles et, fraternel, me mit au défi de les deviner. " Le oui de la Locarno ", susurrai-je. " Pas encore, mais dès qu'elle l'apprendra la voie sera libre. Par la faute des sempiternels intrigants, la présidence du Cercle de Boxe m'a échappé, mais on m'a offert en échange un poste plus élevé dans l'organigramme ; le sous-secrétariat à la Culture. La dignité, le salaire, les combines ! "

« Je pensai que la manne céleste profite à tout le monde et lui fis une révérence. Le Baulito poursuivit : " Même à vous, Savastano, il n'échappe pas que je ne pige pas grand-chose à la culture, mais j'ai la chance de pouvoir compter sur un acolyte qui a exploré ces conneries de A à Z : je parle, comme vous le présumez, du sergent Fonseca, domicilié chez un croque-mort de la rue Tres Sargentos. Je vais le nommer mon bras droit et vous, pour conserver nos positions, vous allez devoir vous appliquer avec la Locarno. J'avais envisagé un premier versement de dix mille balles ; mais à quoi bon se casser les pieds ! aujourd'hui il faut être à la hauteur. Je double la mise. "

« Il me remit une enveloppe avec le nom et le montant en chiffres et en toutes lettres. Il me tapota avec sa béquille et ajouta : “ A la revoyure ! ”

« Une femme comme la Locarno, moi je lui tire mon chapeau. Elle se contenta d'ouvrir l'enveloppe, compta soigneusement la somme et m'ordonna de passer plus tôt le lendemain. Puis ce fut le traditionnel claquement de porte. Mettez-vous à ma place, don Bustos. Il me fallut revenir sans un reçu. Si j'avais su, j'aurais déchiré l'enveloppe et gardé dix biffetons, qui m'auraient bien arrangé. »

7.

« A la Direction de la Culture, la cérémonie fut un succès. Le Baulito ânonna le brillant discours rédigé à nous deux par Fonseca et moi. Le champagne et les petits fours pullulaient. Au ministre, supporter comme moi de *Independiente,* j'arrachai la promesse d'une ambassade. Après la conférence de presse, le Baulito prit une décision qui le dépeint de la tête aux pieds : il me chargea de porter l'enveloppe à la Locarno et de lui annoncer que cet après-midi même, à dix-huit heures, il arriverait en voiture officielle pour lui lire le discours qui avait récolté tant d'applaudissements. Je partis vers mon devoir, non sans regretter que Fonseca restât maître du terrain, accaparant par ses flatteries les faveurs des officiels présents. La Locarno, comme c'était à prévoir, garda le fric mais prévint le Baulito par mon truchement que le vieil horloger impitoyable l'expulserait s'il se présentait chez elle. »

8.

« A neuf heures, je fis acte de présence à la Direction de la Culture. Cette fois-ci Fonseca s'était levé avant moi : le Baulito avait déjà à la signature l'avant-projet des Journées Folkloriques Provinciales devant être célébrées pour la première fois dans les principales villes de l'intérieur. Moi je le serrai de près avec un brouillon d'une note destinée à la municipalité ; je proposais de changer le nom de certaines rues conformément à une sensibilité plus actuelle. M. Baulito y jeta un coup d'œil et s'intéressa tout particulièrement à l'autoroute Rapatriement de la Dépouille [1] et à l'avenue Fourmi noire [2]. Tant d'agitation aurait laissé quiconque au fond d'un lit mais elle ne suffit pas à calmer M. Baulito ; il se consacra entièrement à sa tâche spécifique tandis que mon estomac criait famine. Il prépara, tel un Napoléon, son plan de bataille. D'abord, je dus appeler par téléphone Mme Tejedor et lui dire que je lui parlais depuis la commission de la Culture. Ensuite il empoigna lui-même le combiné et s'adressa à elle avec cette simplicité qui est l'apanage des hautes sphères.

1. D'Eva Perón, bien sûr (N.d.T.).

2. Organisation criminelle, rivale de la Mafia et de la Main noire (N.d.T.).

Il la pria d'intercéder auprès de Mlle Locarno, moyennant une rétribution susceptible de la motiver. Il ne s'accorda pas un instant de répit. Entamant un virage à quatre-vingt-dix degrés, il entra en communication avec Monseigneur de Gubernatis. Il lui exposa toute l'affaire sans fausse pudeur, l'affréta pour aller rendre visite à la Locarno accompagné de son avocat, le docteur Kuno Fingermann, et lui promit de lui commander la cérémonie, en cas d'épousailles, sans lui demander aucun rabais. Un bref coup de téléphone au youpin paracheva le labeur de la matinée. Il nous donna la voiture officielle à Fonseca et à moi pour aller surveiller attentivement la mission de ces deux olibrius.

« Nous nous retrouvâmes à la porte. Fingermann, le plus courageux de cet holocauste, appuya personnellement sur la sonnette. A peine la demoiselle eut-elle entrouvert la porte que Monseigneur glissa une jambe dans l'ouverture et bénit la maison. Nous pénétrâmes à l'intérieur, moi fermant la marche. Les relents de la tapée de nouilles, que Fonseca et votre serviteur apportions dans un plat en terre, et les fiasques de chianti que Monseigneur extrayait l'une après l'autre de dessous sa soutane désarmèrent à moitié la Locarno qui nous invita à la cuisine. Chacun eut droit à son tabouret et la toile cirée ne tarda pas à exhiber des touches de sauce tomate et de vin. Nous nous accoudâmes à la table avant une heure pour n'en décoller qu'à cinq. La Locarno ne lâcha pas un seul mot, mais mangea réglée comme du papier à musique. Personne ne pipait, impressionné par le silence formidable qui faisait ressortir les cinq mastications. La bedaine rassasiée, Monseigneur entama sa péroraison. Avec l'éloquence de la chaire, il proposa à la Locarno la blanche main du Baulito qui, outre sa fortune personnelle, déjà considérable, empochait un gros salaire avenue Alvear. Les alliances seraient à la charge du Baulito et lui, Monseigneur, procéderait à la sainte union du couple, en présence de la radio et de la télévision. Le docteur Kuno Fingermann distribua des photocopies prouvant que Monseigneur s'était maintenu, grosso modo, dans les limites de la vérité ; il ajouta que son client n'était pas radin et qu'avant la fin du mois il lui allouerait la somme qu'elle voudrait, sans préjudice d'une avance, à laquelle était destiné le chéquier apporté par Savastano et Fonseca. La Locarno, qui avait déjà rangé mon enveloppe, accepta une quantité initiale qui faillit nous provoquer un spasme. Après s'être déclarée satisfaite de ces négociations préliminaires, elle indiqua qu'elle ne céderait pas sur un point. Elle nous somma haut et fort de ne plus jamais lui parler, toute sa chienne de vie durant, de ce M. Pérez, qui était un emmerdeur, même folle elle ne l'épouserait pas. Monseigneur et le Kuno se retirèrent un petit moment pour délibérer sur la tournure inattendue des événements. A leur retour, ils s'avouèrent vaincus par les arguments de la dame. Il n'y eut pas d'amertume dans les adieux. Nous convînmes de nous réunir à nouveau, pour une autre fournée de pâtes arrosées de chianti. »

9.

« En parcourant le journal ce matin, don Bustos, je me suis presque retrouvé les quatre fers en l'air de surprise. Ensuite mes souvenirs sont revenus. Hier, au retour du gueuleton, je m'étais endormi dans la petite pièce lorsque le téléphone sonna. C'était Pérez qui, avec la franchise de l'amitié, me passa un savon, car Fonseca lui avait déjà tout raconté. Il me promit que Monseigneur et le Kuno allaient en prendre pour leur grade, comme moi. Nous, ses amis, nous l'avions trahi et lui il avait pris cette décision incroyable de traiter face à face avec la Locarno. J'étais abruti par le sommeil et les pâtes et je l'écoutais comme on écouterait pleuvoir. Ce matin, en découvrant la nouvelle en lettres d'imprimerie, je me rappelai le coup de téléphone et revécus avec émotion la voix de l'énergumène. Dans les grandes occasions, qui sait où chacun va puiser son courage ! Poussé par la curiosité, je filai tout seul rue Mansilla. Mlle Locarno m'assura qu'elle n'avait pas imaginé un instant ce qui allait arriver, sinon elle aurait avalé sa langue plutôt que de le repousser. Qu'y avait-elle gagné ? Elle ne recevrait plus son chèque quotidien et sans doute le Baulito, pressé de se brûler la cervelle, ne lui avait-il rien laissé dans son testament. J'entendis, avec la consternation qu'on peut supposer, ma propre sentence dans ces paroles émouvantes. Un égoïste tel Pérez, qui se suicide parce qu'un laideron ne répond pas à ses avances, est capable d'oublier, au moment suprême, ceux qui l'ont servi et supporté. »

Pujato, 7 décembre 1971.

A la vie et à la mort

La visite d'un jeune ami est toujours source de satisfactions. En cette heure alourdie par de gros nuages noirs, l'homme qui reste à l'écart de la jeunesse mériterait de se retrouver au cimetière. Je témoignai donc la plus grande déférence à Benito Larrea et lui suggérai de nous replier sur la crémerie du coin, histoire de ne pas embêter mon épouse qui nettoyait l'appartement avec une mauvaise humeur croissante. Nous nous y rendîmes aussitôt.

Certains d'entre vous se souviennent peut-être de Larrea. A la mort de son père, il hérita de quelques petits pesos et de la villa familiale que le vieux avait achetée à un Turc. Les pesos, il les dépensa en bringues effrénées, mais sans pour autant se défaire des Magnolias, la maison qui se délabra autour de lui, tandis qu'il ne quittait pas sa chambre et se consacrait à son *hobby*, la menuiserie, et au maté. Il préféra être dignement pauvre plutôt que de transiger un seul instant avec l'indécence ou la pègre.

Benito devait à présent friser les trente-huit printemps. Nous vieillissons de jour en jour et personne n'y échappe. Je le trouvai en outre abattu et il ne redressa pas la tête lorsque le loufiat apporta le lait. Cueillant au vol son air affligé, je lui rappelai qu'un ami est toujours prêt à offrir son épaule.

— Don Bustos ! gémit-il pendant qu'il escamotait un croissant à mon insu. Je suis enfoncé jusqu'au cou, et si vous ne me tendez pas la perche, je suis capable de n'importe quelle bêtise.

Je crus qu'il allait me taper et me mis en garde. L'affaire qui amenait mon jeune ami se révélait encore plus cruelle.

— Cette année 1927 est la date néfaste de ma vie, expliqua-t-il. D'une part, l'élevage de lapins albinos, entamé sous les auspices d'une petite annonce parue dans les journaux, a transformé ma villa en passoire, envahie par les galeries et les duvets ; de l'autre, je n'ai pas gagné le moindre peso à la loterie ou sur les champs de courses. Je vous dis la vérité, la situation devenait de plus en plus alarmante ; les vaches maigres rappliquaient à l'horizon. Dans le quartier, les fournisseurs refusaient de me faire crédit. Mes amis de toujours changeaient de trottoir quand ils m'apercevaient. Brimé de tous côtés, je résolus, comme de juste, de recourir à la Mafia.

A l'occasion de l'anniversaire de la mort naturelle de Carlos Morganti, je me présentai portant le deuil chez César Capitano, à son hôtel particulier du boulevard Oroño. Sans ennuyer ce patriarche avec les détails pécuniaires, ce qui aurait été du plus mauvais goût, je lui laissai entendre mon intention désintéressée : adhérer à l'œuvre qu'il présidait si dignement. Je redoutais les rites d'initiation, dont on parle tant, et pourtant, tel que vous me voyez, les portes de la Mafia s'ouvrirent comme si j'étais recommandé par le nonce. Don César me fit en aparté l'honneur d'un secret. Sa situation, pour solide qu'elle fût, lui avait valu une ribambelle d'ennemis et il n'aurait peut-être pas tort d'aller faire un petit séjour dans une maison un peu perdue, hors de portée des coups de fusil. Comme je n'aime pas perdre une occasion, je m'empressai de lui répondre :

— J'ai exactement ce que vous cherchez : ma villa, Les Magnolias. L'emplacement est approprié : elle n'est pas si éloignée que ça quand on connaît le chemin et les terriers de viscaches découragent l'étranger. Je vous l'offre à titre amical et même gratuit.

Ce dernier mot fut l'argument choc exigé par la situation. Témoignant de cette simplicité qui est l'apanage des grands hommes, don César s'enquit :

— Avec pension complète ?

Pour ne pas être en reste, je rétorquai :

— Vous pourrez compter sur le cuisinier et sur le valet de ferme, comme vous comptez sur moi-même, afin de satisfaire le plus inattendu de vos caprices.

Je me sentis tourner de l'œil. Don César fronça les sourcils et s'écria :

— Pas question de cuisinier ou de valet de ferme. Je suis peut-être fou de me fier à vous, un inconnu, mais même fou je ne vous laisserai pas mettre ces deux minables dans le secret, ils me vendraient à Caponsacchi comme de la ferraille.

A vrai dire, il n'y avait ni cuisinier ni valet, mais je lui promis de les flanquer à la porte séance tenante.

Le Grand Capo se pencha sur moi et me communiqua :

— J'accepte. Demain, à vingt et une heures tapantes, je vous attends avec ma valise, Rosario Nord. Que l'on me croie en partance pour Buenos Aires ! Pas un mot de plus et retirez-vous ; les gens ont l'esprit mal tourné.

Le succès le plus foudroyant couronnait mon plan. J'improvisai un claquement des talons et gagnai la sortie.

Le lendemain, j'investissais une bonne partie de l'argent prêté par Kosher, le boucher, dans la location du break d'un voisin. Je fis moi-même office de chauffeur et me postai dès huit heures du soir au buffet de la gare, non sans sortir toutes les trois ou quatre minutes pour vérifier qu'on ne m'avait pas encore volé le véhicule. M. Capitano arriva tellement en retard qu'il en aurait manqué son train. Ce n'est pas seulement cet homme entreprenant, applaudi et craint par le Rosario des hommes d'action, mais aussi un beau parleur à jet continu qui ne vous en laisse pas placer une. Nous arrivâmes exténués au petit matin. Un succulent café ranima l'invité, qui reprit illico presto la parole. Il lui avait suffi de quelques minutes pour s'affirmer comme un inépuisable spécialiste des méandres les plus délicats de l'art lyrique, plus particulièrement pour tout ce qui touchait à la carrière de Caruso. Il glorifiait ses triomphes de Milan, Barcelone, Paris, à l'Opera House de New York, en Egypte et dans la capitale. Faute de gramophone, il imitait son idole d'une voix de stentor, dans *Rigoletto* et dans *Fedora.* Comme je me montrais un tant soit peu sceptique, en raison de ma maigre érudition musicale, limitée à Razzano [1], il sut trouver les arguments pour me convaincre : on avait versé à Caruso trois cents livres sterling pour une seule représentation londonienne ; aux Etats-Unis la Main noire avait exigé de lui des sommes extravagantes, sous menace de mort, et il avait fallu l'intervention de la Mafia afin d'empêcher ces malandrins de réaliser leur projet, contraire à la morale.

Une petite sieste réparatrice, jusqu'à neuf heures du soir, régla le problème du déjeuner. A peine levé, Capitano se retrouvait la serviette autour du cou, brandissant fourchette et couteau et chantant, avec moins de justesse que de volume, *Cavalleria rusticana.* Une double ration de viande hachée, arrosée d'une fiasque de chianti, l'occupa pendant son laïus ; emporté par sa verve je n'avalai presque rien, mais arrivai à en apprendre assez sur les comportements public et privé de Caruso pour passer un examen. Malgré une torpeur croissante, je ne perdis pas le

1. Guitariste de Carlos Gardel (N.d.T.).

moindre mot et ne négligeai pas ce fait capital : l'hôte était moins attentif aux portions qu'il engloutissait qu'à son discours. Il réintégra ma chambre à une heure et moi je m'installai dans le bûcher, la seule autre pièce où il ne plût pas.

Au matin, je m'éveillai moulu et découvris au moment de revêtir ma toque de cuisinier que les victuailles se faisaient rares dans le garde-manger. Pas de miracle : bien que des plus enclins à l'usure, l'ami Kosher me prévint qu'il ne me prêterait plus un kopeck ; de mes fournisseurs habituels, je n'obtins que du maté Gato, le minimum de sucre et quelques restes d'écorce d'orange en guise de confiture. Avec la plus grande circonspection, je confiai aux uns et aux autres que ma villa hébergeait un personnage de grande envergure et que bientôt les espèces sonnantes ne me manqueraient pas. Mon bagou ne produisit aucun effet et j'en vins même à penser qu'ils doutaient de la présence de mon pensionnaire. Maneglia, le boulanger, dépassa les bornes : il en avait par-dessus la tête de mes mensonges, je ne devais plus rien attendre de sa munificence, ne fût-ce qu'une miette de pain pour le perroquet. J'eus plus de chance avec Arruti, l'épicier à qui, de guerre lasse, je parvins à arracher un kilo et demi de farine, de quoi pourvoir au déjeuner. Tout n'est pas rose pour le chrétien qui veut frayer avec les vaniteux.

Quand je revins des courses, Capitano ronflait comme un bienheureux. A mon second beuglement de corne — relique ayant réchappé à l'adjudication judiciaire de la Studebaker —, l'homme sauta du lit avec un juron et ne tarda pas à absorber nos deux bols de maté et les rognures de fromage. Ce fut à cet instant que je remarquai, près de la porte, le redoutable fusil à double canon. Vous n'allez peut-être pas me croire, mais je n'aime pas particulièrement vivre au milieu d'un arsenal chargé par le diable.

Pendant que j'utilisais le tiers de la farine pour les gnocchis de son déjeuner, don César ne perdit pas de temps, le temps c'est de l'argent, et, se livrant à une perquisition générale qui n'oublia pas un tiroir, il tomba sur une bouteille de vin blanc égarée dans l'atelier de menuiserie. Gnocchi par-ci, gnocchi par-là, il vida la bouteille et me laissa bouche bée avec son interprétation personnelle de Caruso dans *Lohengrin*. Le sommeil le reprit à tant manger, boire et pérorer. Profitant de ce qu'il avait regagné sa couche, à trois heures vingt de l'après-midi, je nettoyai son assiette et son verre et me demandai d'une voix gémissante : « Que vais-je lui servir ce soir ? » Je fus arraché à ces réflexions par un cri épouvantable qui restera gravé dans ma mémoire aussi longtemps que je vivrai. La réalité dépassa en horreur toutes les supputations. Marlou, mon vieux chat, avait commis l'imprudence de s'introduire dans ma chambre, selon une habitude consacrée, et M. Capitano l'avait égorgé à l'aide des ciseaux à ongles. Naturellement, je déplorai le décès mais en mon for intérieur j'appréciai à sa juste valeur la précieuse contribution du rouquin au menu du soir.

Coup de théâtre ! Après avoir englouti le chat,

M. Capitano abandonna ses thèmes musicaux habituels pour me fournir une preuve de sa confiance : il me révéla ses projets les plus intimes, que je jugeai des plus incongrus et qui, vous n'allez pas me croire, m'épouvantèrent. Son plan, de facture napoléonienne, n'impliquait pas seulement la suppression, au moyen d'acide prussique, de Caponsacchi en personne et de sa famille, mais également celle de toute une brochette d'acolytes hautement représentatifs : Fonghi, le magicien des bombes dans les urinoirs, le Père Zappi, confesseur des victimes de rapts, Mauro Morpurgo, alias le Golgotha, Aldo Aldobrandi, l'Arlequin de la mort, chacun y aurait droit d'une façon ou d'une autre. Don César pouvait s'écrier à juste titre, en ponctuant ses paroles d'un coup de poing qui réduisit le nombre de mes verres : « Pour les ennemis, pas même la justice ! » Proclamation tellement énergique qu'il s'étrangla presque avec un bouchon, qu'il avait happé à la place d'un biscuit. Il réussit à vociférer :

— Un litre de vin !

Ce fut l'éclair déchirant les ténèbres. J'ajoutai quelques gouttes de colorant à un grand verre d'eau que l'homme s'envoya derrière la cravate et qui le soulagea. D'apparence futile, cet épisode me tint néanmoins éveillé jusqu'au premier chant des oiseaux. On n'a jamais autant pensé en une seule nuit !

Je disposais de coton et de naphtaline. Grâce à ces ingrédients je complétai, pour le gueuleton du mardi, une platée de gnocchis un peu riquiqui auparavant. J'augmentais astucieusement les doses de jour en jour, en toute impunité car don César s'enflammait avec Caruso ou se délectait à l'élaboration de sa vendetta. Notre mélomane savait cependant revenir sur terre. Croyez-moi, il me réprimanda souvent, débonnaire :

— Je vous trouve amaigri. Alimentez-vous, suralimentez-vous, cher Larrea. Au nom du ciel, prenez des forces. Ma vengeance a besoin de vous.

Comme toujours, ce fut l'orgueil qui me perdit. J'avais déjà conçu mon plan dans ses grandes lignes avant le braillement du premier laitier du matin. J'eus la chance de découvrir quelques petits pesos bien repassés entre les pages d'un vieil *Almanach du Messager*. Je résistai à la tentation de les investir dans deux cafés au lait complets et me consacrai sans plus attendre à l'achat de sciure, de planches de sapin et de peinture. Infatigable, je m'installai dans le sous-sol pour y fabriquer un gâteau en bois à l'aide de ces ingrédients ; recouvert artistiquement d'une couche de peinture marron, l'ensemble devait peser plus de trois kilos avec ses charnières. Une guitare désaccordée et tombée en désuétude me fournit un jeu de chevilles ; je les fixai en guise de décoration avec un goût raffiné.

Je présentai négligemment ce *capolavoro* à mon protecteur. Alléché, celui-ci y planta une dent qui céda plus vite que le mets. Il ne proféra qu'un seul blasphème, se redressa de toute sa taille et m'ordonna — il tenait maintenant son fusil dans la dextre — de réciter mon dernier *Ave Maria*. Si vous m'aviez vu pleurer ! J'ignore si ce fut par mépris ou par pitié, mais le Capo daigna m'accorder un sursis de quelques heures ; il m'intima :

— Ce soir, à vingt heures, sous mes propres yeux, vous avalerez ce gâteau sans en laisser une miette. Sinon je vous tue. Pour le moment vous êtes libre. Je sais que vous n'avez pas assez de cran pour me dénoncer ou pour tenter une fugue.

— Voilà mon histoire, don Bustos. Je vous supplie de me sauver.

Le problème était vraiment délicat. M'immiscer dans les affaires de la Mafia n'avait strictement rien à voir avec mon labeur d'écrivain ; abandonner ce jeune homme à son destin exigeait un certain courage, mais j'y étais poussé par la sagesse la plus élémentaire. Selon ses propres termes, il hébergeait dans sa villa des Magnolias un Ennemi Public !

Larrea se mit tant bien que mal au garde-à-vous et partit vers la mort. Le bois ou le plomb. Je le regardai sans pitié.

Par-delà le bien et le mal

1.

Hôtel des Eaux, Aix-les-Bains
25 juillet 1924

Cher Avelino,

Pardonne-moi cette absence d'en-tête officiel. Le soussigné est dorénavant un consul à part entière, le représentant de la nation dans cette ville d'avant-garde, La Mecque du thermalisme. Je ne dispose pas davantage du local où ondulera la bannière céleste et blanche que du papier et des enveloppes réglementaires. En attendant, je me débrouille comme je peux à l'Hôtel des Eaux, qui s'est révélé être un fiasco. Le guide de l'année dernière lui avait délivré trois étoiles mais il est maintenant complètement éclipsé par des établissements plus tape-à-l'œil que recommandables, y figurant comme *palaces* par la grâce de leurs annonces publicitaires. En parlant clair, l'environnement n'offre pas de perspectives prometteuses à un Casanova créole. L'échantillonnage domestique répond tardivement, et mal, aux exigences d'un gourmet difficile, et pour ce qui est de la clientèle de l'hôtel... Je t'épargnerai une liste de noms superfétatoires et en viendrai à cette palpitante nouvelle : ce qui manque le moins, ici, ce sont les rombières, attirées par la Fata Morgana de l'eau sulfureuse. Patience, mon frère.

M. L. Durtain, le patron, est depuis toujours, je n'hésite pas à le déclarer, la principale autorité vivante de son propre hôtel, et il ne laisse passer aucune occasion de le rappeler, s'épanchant avec la plus grande générosité. Il se permet de temps à autre des incursions dans la vie privée de Clémentine, la gouvernante. Je te jure que certaines nuits je n'arrive pas à trouver le sommeil à force de tourner et de retourner toutes ces embrouilles.

Quand j'oublie enfin Clémentine, me voici embêté par les rats, le fléau de l'hôtellerie étrangère.

Abordons des rivages plus sereins. Pour que tu puisses un peu t'y retrouver, je vais essayer d'ébaucher, à grands traits, une description de la localité. Essaie d'imaginer une longue vallée entre deux rangées de montagnes qui, comparées avec notre cordillère des Andes, n'ont rien d'époustouflant. Cette Dent du Chat tellement vantée, si tu la mets à l'ombre de l'Aconcagua, tu dois la chercher avec un microscope. Le trafic urbain est égayé d'une certaine manière par les petits omnibus des hôtels, bourrés de malades et de goutteux se rendant aux thermes. Quant à ces derniers, l'observateur le plus obtus notera que leur édifice constitue une réplique réduite de la gare Constitución, en beaucoup moins imposant, certes. Aux alentours, un tout petit lac, mais avec pêcheurs et tout le reste. Les nuages vagabonds tendent parfois des rideaux de pluie sur la voûte azurée. Les montagnes empêchent l'air de circuler.

Trait affligeant que je signale avec les plus vives appréhensions : ABSENCE COMPLÈTE, DU MOINS EN CETTE SAISON, DE L'ARGENTIN, ARTHRITIQUE OU NON. Veille à ce que cette nouvelle ne filtre pas au ministère. Si on l'apprend, on me ferme le consulat et je me retrouve Dieu sait où.

Sans le moindre compatriote pour se fendre la pêche, il n'y a pas moyen de tuer le temps. Où dénicher un quidam capable de faire une petite partie de cartes en tête à tête ? Bien que moi, les parties en tête à tête, je n'y tienne pas particulièrement. C'est inutile. L'abîme ne tarde pas à se creuser, il n'y a pas ce que l'on appelle ordinairement un sujet de conversation et le dialogue s'essouffle. L'étranger est un égoïste, il ne s'intéresse qu'à ses propres affaires. Les gens, ici, ne te parlent que des Lagrange qui vont bientôt arriver. Je te le dis tout net : moi, qu'est-ce que j'en ai à faire ? Amitiés à toute la bande du Molino. Bien à toi.

Félix Ubalde, l'Indien à jamais.

2.

Cher Avelino,

Ta carte postale m'a apporté un peu de la chaleur humaine de Buenos Aires. Dis aux copains qu'Ubalde, l'Indien, ne perd pas l'espoir de réintégrer sa chère bande. Ici rien n'a changé. L'estomac ne réussit pas encore à s'habituer au maté, mais j'insiste malgré tous les inconvénients prévisibles, fidèle à mon serment de boire du maté chaque jour tant que je vivrai à l'étranger.

Nouvelles d'importance ? Aucune. Sauf qu'hier soir une montagne de valises et de malles obstruait le couloir. Poyarré en personne, qui est un Français protestataire, poussa les hauts cris, mais se retira en bon ordre quand on lui eut répondu que tout cet attirail appartenait aux Lagrange ou, plus exactement, aux Grandvilliers-Lagrange. Il paraît que ce sont des gens très importants. D'après Poyarré, la famille Grandvilliers est une des plus anciennes de France, mais elle aurait un peu changé son nom à la fin du XVIIe siècle, en raison de circonstances qui ne me regardent pas. Ce n'est pas à un vieux singe qu'on apprend à faire la grimace ; moi, on ne m'embobine pas facilement et je demande tout de go si les membres de cette famille, devant laquelle les deux porteurs de l'hôtel ont dû baisser les bras, sont de si grands personnages, ou bien de simples fils d'émigrants qui s'en sont mis plein les poches. On trouve de tout dans la vigne du Seigneur.

Un épisode, banal en apparence, m'apporta un réconfort. Alors que j'étais dans la salle à manger, rivé à mon immuable table, une main brandissant la cuiller et l'autre dans la corbeille à pain, l'apprenti serveur me suggéra de déménager jusqu'à une petite table d'appoint, tout contre la porte battante que le personnel chargé de plateaux ouvre à grands coups de pied. Je faillis protester mais le diplomate, comme chacun sait, doit réprimer ses impulsions et je choisis d'obéir avec bonhomie à cet ordre qui n'avait peut-être pas été ratifié par le maître d'hôtel. De ma retraite, je pus observer le plus clairement du monde comment l'escouade des serveurs accolait ma table à une autre plus grande et comment l'état-major de la salle à manger se pliait en serviles révérences à l'arrivée des Lagrange. Ma parole d'honneur ! on ne les traite pas comme de la crotte de bique.

L'attention du séducteur créole fut d'abord accaparée par deux jeunes filles, des sœurs semble-t-il, encore que l'aînée soit couverte de taches de rousseur, avec des cheveux tirant sur l'acajou, et que la cadette possède les mêmes traits, mais en brun et pâle. De temps à autre un ours assez costaud, qui doit être le père, me gratifiait d'un regard furibond, comme si j'étais un voyeur. Je l'ignorai et procédai à un examen attentif du reste du groupe. Je te les décrirai tous dès que j'aurai le temps. En attendant, le dernier cigare de la journée et au dodo.

Je t'embrasse.
L'Indien.

3.

Cher Avelino,

Tu as déjà dû lire, avec un intérêt extrême, mes annotations en matière de Lagrange. Maintenant, je peux les développer. *Inter nos,* le plus sympathique, c'est le grand-père. Ici tout le monde l'appelle Monsieur le Baron. Un type formidable : il ne paye pas de mine, tout maigre, le teint olivâtre et la taille d'un macaque, mais avec pardessus bleu de bonne coupe et canne en malacca. Je tiens de source sûre qu'il est veuf et que son nom de baptême est Alexis. C'est comme ça.

Son fils Gaston et madame le suivent quant à l'âge. Gaston accuse la bonne cinquantaine et ressemble plutôt à un boucher rougeaud, exerçant une constante surveillance sur l'épouse et les filles. L'épouse, je ne sais pas pourquoi il s'en préoccupe tellement. Les filles sont une autre paire de manches. Chantal, la rousse, que je ne me lasserais jamais de regarder, s'il n'y avait Jacqueline qui lui dame peut-être le pion. Ces gamines sont des plus éveillées et je t'assure qu'elles se révèlent tonifiantes et le grand-père est une pièce de musée, qui en même temps t'amuse et te déniaise.

Je n'arrête pas de me demander s'il s'agit vraiment de gens bien. Comprends-moi : je n'ai rien contre le demi-monde, mais je n'oublie pas non plus que je suis consul et que je dois au moins sauvegarder les apparences. Un faux pas et je suis fichu. A Buenos Aires, tu ne cours aucun risque : on flaire de loin le sujet distingué. Ici, à l'étranger, on a la tête qui tourne : tu ne sais pas comment parlent les rustres ou les gens chic.

Je t'embrasse.
L'Indien.

4.

Cher Avelino,

Les nuages noirs se sont dissipés. Vendredi, je me suis approché de la loge, comme si de rien n'était, et, profitant du lourd sommeil du concierge, j'ai lu sur l'aide-mémoire : « 9 heures. Baron G. L. Café au lait et croissants avec du beurre. » Baron : tu te rends compte ?

Je sais que ces nouvelles, peut-être pas phénoménales mais savoureuses, retiendront également l'attention de mademoiselle ta sœur, qui est folle de tout ce qui touche au grand monde. Promets-lui, en mon nom, plus de matériau.

Affectueusement.
L'Indien.

5.

Mon cher Avelino,

L'observateur argentin a vraiment intérêt à se frotter à la noblesse la plus ancienne. Sur ce terrain délicat, je peux t'assurer être entré par la grande porte. J'initiais Poyarré à la consommation du maté, sans grand succès, dans le jardin d'hiver, lorsque apparurent les Grandvilliers. La table était grande, ils y prirent place tout naturellement. Gaston, sur le point d'entamer un havane, se tapota les poches pour constater l'absence de feu. Poyarré tenta de me devancer mais le Créole que tu sais l'emporta d'une courte main grâce à une allumette. Ce fut alors que je reçus ma première leçon. L'aristocrate ne daigna même pas me remercier et se mit à fumer avec la plus grande indifférence, gardant dans son gilet, comme si nous étions quantité négligeable, l'étui et ses Hoyos de Monterrey. Ce geste, confirmé ensuite par tant d'autres, fut pour moi une révélation. Je compris en un éclair que je me trouvais en présence d'un être d'une espèce différente, de ceux qui planent très haut. Comment me débrouiller pour pénétrer dans ce monde d'exception ? Impossible de te décrire ici les vicissitudes et les inévitables heurts de la campagne que je menai avec tact et opiniâtreté ; en tout cas j'étais deux heures et demie plus tard à tu et à toi avec la famille. Plus encore. Tandis que je devisais de la façon la plus correcte et pétillante, acquiesçant à tout, comme un écho, mon arrière-garde agissait autrement. Refrénant les simagrées et les mimiques qui me venaient du fond du cœur, je m'en remis au sourire énigmatique et aux regards en coulisse, adressés à Chantal, la rouquine, mais qui, à cause de la disposition des personnes présentes, firent mouche sur Jacqueline, celle au buste moins turgescent. Poyarré, avec la servilité qui le caractérise, réussit à nous faire accepter une tournée d'anisette ; moi, pour ne pas être en reste, je laissai échapper un : « Champagne pour tout le monde ! » que le garçon prit heureusement pour une plaisanterie, jusqu'à ce que Gaston lui eût rabaissé le caquet à mots couverts. Chaque bouteille débouchée me fut une décharge en plein cœur et quand je m'éclipsai vers la terrasse, dans l'espoir d'être ranimé par le grand air, le miroir me renvoya l'image de mon visage plus blanc que le papier de l'addition. Le fonctionnaire argentin doit assumer ses responsabilités, je revins donc quelques minutes plus tard, relativement rétabli.

C'est tout pour aujourd'hui.
L'Indien.

6.

Cher Avelino,

Grand remue-ménage dans tout l'hôtel. Un cas à décourager la perspicacité d'un fin limier. Un flacon de taille moyenne, avec le crâne et les tibias annonçant la mort-aux-rats, se trouvait hier soir sur la deuxième étagère de la *pâtisserie,* d'après Clémentine et d'autres autorités. Ce matin, à dix heures, le flacon a pris la poudre d'escampette. M. Durtain n'hésita pas à adopter les précautions exigées par les aléas de la situation ; dans un accès de confiance que je n'oublierai pas de si tôt, il m'envoya illico presto quérir la maréchaussée à la gare. J'accomplis ma mission point par point. A peine arrivé à l'hôtel, le gendarme commença à interroger la moitié de l'univers, jusqu'à une heure avancée, avec un résultat négatif. Il me consacra un bon moment et personne n'eut besoin de me souffler pour que je réponde à presque toutes les questions.

Aucune chambre n'échappa à la fouille. La mienne fut l'objet d'un examen prolixe qui la laissa jonchée de miettes et de mégots. Ce pauvre crétin de Poyarré, qui doit avoir ses appuis, et — bien sûr — les Grandvilliers furent les seuls à ne pas être importunés. Clémentine avait dénoncé le larcin, elle ne fut pas non plus interrogée.

Pendant toute la journée, on ne parla pas d'autre chose que de la « Disparition du poison » (comme certain journal crut bon d'intituler l'affaire). Quelques-uns ne mangèrent plus rien, de peur que la substance toxique ne se fût infiltrée dans le menu. Moi je me contentai de repousser la mayonnaise, l'omelette et le sabayon parce qu'ils étaient du même jaune que la mort-aux-rats. Des porte-parole isolés subodorèrent la préparation d'un suicide, mais un pronostic si abominable ne s'est pas vérifié jusqu'à maintenant. Je suis de près les événements dont je te ferai l'historique dans ma prochaine lettre.

A bientôt, l'Indien.

7.

Cher Avelino,

La journée d'hier fut, sans exagération, un vrai roman à rebondissements qui mirent à l'épreuve le sang-froid du héros (tu imagines son nom) avec un dénouement imprévu. J'avais d'abord tenté une manœuvre d'approche.

Pendant le petit déjeuner, d'une table à l'autre, les filles mirent sur le tapis le chapitre excursions. Je profitai d'un sifflement opportun de la cafetière pour susurrer : « Jacqueline, si nous allions au lac... » Au risque de passer pour un menteur, voici sa réponse : « A midi, dans le salon de thé. » Dès moins dix, j'étais en faction, entrevoyant les perspectives les plus roses et rongeant mon frein. Jacqueline apparut enfin. Il nous fallut moins d'une seconde pour nous éclipser à l'air libre, où je notai que toute la famille était sur nos talons, y compris Poyarré qui s'était faufilé et nous emboîtait gaiement le pas. L'omnibus de l'hôtel utilisé pour le transfert me coûta moins cher. Si j'avais su qu'il y avait un restaurant sur les rives du lac, et qui plus est de luxe, j'aurais avalé ma langue plutôt que de proposer la promenade. Mais le mal était déjà fait. Les coudes sur la table, empoignant les couverts et liquidant la corbeille à pain, l'aristocratie réclamait le menu. Poyarré me glissa avec sa grosse voix : « Félicitations, mon pauvre ami, vous avez échappé de justesse à l'apéritif. » Cette suggestion involontaire ne tomba pas dans l'oreille d'un sourd. Jacqueline en personne demanda la première tournée générale de bitter des Basques, qui ne fut pas la dernière. Puis ce fut le tour de la gastronomie : ne manquèrent ni le foie gras ni le faisan, en passant par le fricandeau et le filet, le tout couronné par les crèmes caramel. On enfourna cette profusion de victuailles en débouchant le bourgogne et le beaujolais. Le café, l'armagnac et les cigares parachevèrent les agapes. Même Gaston, qui est un bêcheur, ne lésina pas sur les marques de déférence à mon égard, et quand le baron me tendit personnellement, de sa propre main, le vinaigrier, vide, j'aurais volontiers engagé un photographe, afin d'expédier le cliché au café du Molino. Je l'imagine déjà dans la vitrine.

Jacqueline, je lui fis attraper un fou rire avec l'histoire de la nonne et du perroquet. Puis, envahi par l'angoisse du galant ayant épuisé tous les sujets, je lui lançai la première idée qui me traversa l'esprit : « Jacqueline, si nous allions ensuite au lac ? » « Ensuite ? » dit-elle, et j'en restai bouche bée. « Nous y allons plus vite que tu ne le crois. »

Personne ne nous suivit cette fois-ci. Le repas les avait transformés en bouddhas. Enfin seuls, nous hésitions entre la plaisanterie et le flirt, non sans respecter, cela va de soi, les limites imposées par le haut niveau de ma partenaire. Le rayon solaire fit pirouetter son griffonnage fugitif sur les eaux d'aniline et la nature se mit tout entière au diapason de l'instant. La brebis bêlait au bercail, dans la montagne mugissait la vache et les cloches priaient à leur façon dans l'église voisine. Il fallait cependant être sérieux ; je restai donc de marbre, tel un stoïcien, et nous revînmes. Une stimulante surprise nous attendait. Entre-temps et sous prétexte de fermeture vespérale, les patrons avaient obtenu de Poyarré, qui maintenant répétait comme un disque le mot *extorsion,* le paiement de la totalité de l'addition en complétant la somme avec sa montre. Tu admettras que des journées de ce genre te redonnent goût à la vie.

A bientôt, Félix Ubalde.

8.

Cher Avelino,

Mon séjour ici devient un véritable voyage d'études. Je me livre sans grande difficulté à un examen approfondi de cette couche sociale qui, soit dit en passant, est sur le point de disparaître. L'observateur en éveil trouvera dans ces derniers rejetons du féodalisme un spectacle digne d'un certain intérêt. Hier, sans aller chercher plus loin, Chantal apparut avec une platée de crêpes recouvertes de framboises, qu'elle prépare elle-même dans les cuisines de l'hôtel grâce à la considération du pâtissier. Jacqueline servit le *five o' clock* à tout le monde et me tendit une tasse. La ruée sur la nourriture fut déclenchée sans plus attendre par le baron : il en raflait quatre à la fois, deux par main, nous faisait mourir de rire en alternant histoires et anecdotes, des plus hautes en couleur, avec une kyrielle de sarcasmes sur les crêpes de Chantal, qu'il déclara immangeables. Il décréta que Chantal n'était qu'une empotée, incapable de les préparer ; Jacqueline lui fit observer alors qu'il ferait mieux de ne pas parler de préparation après les péripéties de Marrakech, quand il fut sauvé en catastrophe par le gouvernement et rapatrié en France par la valise diplomatique. Gaston la coupa sèchement, sur un ton pontifiant : aucune famille n'était à l'abri de cas délictueux, voire blâmables, il était de très mauvais goût de se répandre devant de parfaits inconnus, parmi lesquels s'embusquait un individu de nationalité étrangère. Jacqueline lui rétorqua que si le clébard n'avait pas eu la bonne idée de fourrer son museau dans le cadeau du baron et de tomber raide mort, Abdul Melek n'aurait plus été là pour raconter l'histoire. Gaston se contenta quant à lui d'ajouter qu'on ne pratiquait heureusement pas d'autopsie à Marrakech et que selon le diagnostic du vétérinaire, qui prêtait ses services au gouverneur, il s'agissait d'une attaque de surmenage fort courante chez les canidés. Moi, j'approuvai du chef et à tour de rôle chaque allégation, observant du coin de l'œil comment le petit vieux ne perdait pas de temps et s'annexait une crêpe après l'autre. Je ne suis pas manchot et je me débrouillai pour récupérer distraitement la dernière.

A l'avantage, Félix Ubalde.

9.

Mon cher Avelino,

Accroche-toi bien, je vais maintenant te décrire une de ces scènes qui glacent le sang au Gaumont. Ce matin, je glissai désinvolte sur le tapis rouge du couloir qui débouche sur l'ascenseur. En passant devant la chambre de Jacqueline, je ne manquai pas de remarquer la porte entrebâillée. Voir la fente et m'y faufiler fut l'affaire d'un clin d'œil. Personne dans le réduit. Sur une table à roulettes, le petit déjeuner intact. Mes aïeux ! Ce fut alors que résonnèrent des pas masculins. Je me cachai à la va-vite parmi les manteaux suspendus aux cintres. C'était le baron. Il s'approcha furtivement de la petite table. Je faillis me trahir par un éclat de rire : il allait engloutir les aliments du plateau. Mais pas du tout. Il sortit le flacon à la tête de mort et saupoudra le café d'une poussière verdâtre, sous mes yeux qui reflétaient l'épouvante. Mission accomplie, il se retira comme il était entré, sans se laisser tenter par les croissants, poudrés eux aussi. J'eus tôt fait de deviner qu'il machinait l'élimination de sa petite-fille, foudroyée par le destin avant son heure. Mais n'avais-je pas rêvé ? Ces choses ne sont pas habituelles dans une famille aussi unie et respectable que les Grandvilliers ! Dominant ma frayeur, je titubai jusqu'à la table, tel un somnambule. L'examen impartial confirma l'évidence des sens : ici le café encore teinté de vert, là les croissants nocifs. Je soupesai les enjeux en l'espace d'une seconde. Parler, c'était m'exposer à un faux pas ; j'avais été soudain la victime d'apparences trompeuses, calomniateur et alarmiste je tombais en disgrâce. Me taire pouvait signifier la mort de l'innocente Jacqueline et peut-être serais-je passible des rigueurs de la loi. Cette ultime considération m'arracha un cri sourd, de peur d'être entendu par le baron. Jacqueline apparut enveloppée dans un peignoir. Je commençai par bégayer, ainsi que la situation l'exigeait ; je balbutiai ensuite que mon devoir était de lui dire quelque chose de si monstrueux que les mots ne voulaient pas sortir. Lui demandant de pardonner mon audace, non sans avoir auparavant fermé la porte, je lui révélai que monsieur son grand-père... monsieur son grand-père... et je m'étranglai. Elle éclata de rire, regarda croissants et tasse, et répondit : « Il faudra commander un autre petit déjeuner. Qu'on serve aux rats celui empoisonné par grand-papa. » Je restai tétanisé. Comment le savait-elle ? « Tout le monde le sait ; grand-papa aime bien empoisonner les gens, et il est tellement maladroit qu'il échoue presque toujours. »

Je venais de tout comprendre. La déclaration ne laissait planer aucun doute. Ma vision d'Argentin découvrait brutalement cette grande *terra incognita,* cet éden caché au commun des mortels : L'ARISTOCRATIE EXEMPTE DE PRÉJUGÉS.

Mis à part son charme féminin, la réaction de Jacqueline serait, je ne tardai pas à le constater, celle de tous les membres de sa famille, grands et petits. Ils semblaient me dire en chœur, sans aucune mauvaise intention : « Bisque, bisque, rage. » Le baron lui-même, on ne me croira pas, accepta avec une bonhomie souriante l'échec du plan qui lui avait coûté tant d'efforts et me répéta, pipe en main, qu'il ne nous en gardait pas rancune. Les plaisanteries se multiplièrent au cours du déjeuner et je leur confiai, dans le feu de la cordialité, que le lendemain était le jour de ma fête.

A-t-on bu à ma santé au Molino ?

Bien à toi, l'Indien.

10.

Cher Avelino,

Le grand jour est arrivé. Il est dix heures du soir, fort tard pour ici, mais je ne peux pas me retenir et je vais t'informer avec force détails. Les Grandvilliers, par l'entremise de Jacqueline, m'ont convié à un repas donné en mon honneur, au restaurant situé près du lac ! Je louai une tenue de soirée dans la boutique d'un Algérien, ainsi que la paire de guêtres appropriée. Nous avions rendez-vous à sept heures au bar de l'hôtel. A sept heures et demie passées, le baron surgit et, posant une main sur mon épaule, se permit une plaisanterie de mauvais goût : « Je vous arrête. » Il était seul, le restant de la famille nous attendait déjà sur le perron et nous grimpâmes dans l'omnibus.

Dans le local, où nombre de gens me connaissent de vue et me témoignent de la considération, nous mangeâmes et causâmes comme des princes. Ce fut un dîner de haute volée, sans le moindre défaut : à chaque service, le baron descendait personnellement à la cuisine pour y superviser les cuissons. Moi j'étais entre Jacqueline et Chantal. Verre après verre, je me sentis de plus en plus à l'aise, comme si j'étais rue Pozos, et me risquai même à moduler un tango, *Le Charcutier*. En le traduisant par la suite, je découvris que la langue gauloise n'a pas cette étincelle de notre argot de Buenos Aires et que j'avais trop mangé. Notre estomac, habitué aux grillades et à la busecca, n'est pas en état de supporter tous les *voulez-vous* exigés par la grande cuisine française. Quand sonna l'heure des toasts, j'eus du mal à me redresser sur mes membres postérieurs, pour remercier, non pas tant en mon nom propre qu'en celui de ma lointaine patrie, de cet hommage à mon anniversaire. Nous battîmes en retraite avec la dernière goutte de champagne demi-sec. Dehors je respirai bien à fond l'air ambiant et éprouvai un début de soulagement. Jacqueline me donna un baiser dans l'obscurité.

Je t'embrasse, l'Indien.

P.S. — Une heure du matin. Les crampes ont recommencé. Je n'ai plus la force nécessaire pour me traîner jusqu'à la sonnette. La chambre monte et descend à tout va et j'ai des sueurs froides. Je ne sais pas ce qu'ils ont bien pu mettre dans la sauce tartare, mais le goût bizarre ne s'atténue pas. Je pense à vous, je pense à la bande du Molino, je pense aux matches de foot et [1]...

1. Nous prévenons les exégètes : ces trois points de suspension ont été rajoutés au manuscrit par la Succession de Félix Ubalde, qui publie ces *Lettres savoyardes*. Pour ce qui est de la véritable cause du *fait divers*, comme on dit en France, elle est enveloppée du voile du mystère. (Note de M. Avelino Alessandri.)

H. BUSTOS DOMECQ.

Le fils de son ami

1.

Ustariz, vous pouvez penser de moi ce que vous voulez, mais je suis une tête de mule. Pour moi, les livres et le cinématographe sont deux choses toutes différentes. Quand bien même mes petits romans seraient de la roupie de sansonnet, je revendique néanmoins la supériorité hiérarchique de l'écrivain. C'est pourquoi quand on me demanda d'écrire une comédie burlesque pour la S.O.U.P.E. (Société des organisations unitaires des producteurs et exploitants), je les priai d'aller se faire voir ailleurs. Moi et le cinématographe... Dehors ! L'homme qui me fera travailler pour le celluloïd n'est pas encore né.

Certes, je me laissai mettre la corde au cou en apprenant que Rubricante gravitait autour de la S.O.U.P.E. Devant certaines considérations, vous êtes en outre obligé de tirer votre chapeau. Fondu dans l'anonymat de mon fauteuil de parterre, je ne compte plus les années passées à suivre, d'un œil franchement attendri, la campagne menée par la S.O.U.P.E. en faveur de la production nationale : ces actualités, cérémonies officielles et banquets, agrémentées d'une succession de plans vous montrant la marque des chaussures, voire les capsules des bouteilles ou les étiquettes des emballages. Ajoutez que l'après-midi de la défaite d'Excursionistas Football Club, Farfarello s'approcha de moi dans le petit train du jardin zoologique et me laissa bouche bée avec cette super-grande nouvelle : la S.O.U.P.E. avait programmé pour son exercice 1943 une série de films qui aspiraient à rafler le public de qualité, offrant à l'homme de plume la possibilité d'une œuvre de haute volée et sans la concession de rigueur aux impératifs commerciaux. Il me le dit, et je ne le crus pas avant de l'avoir entendu de ses propres lèvres. Et ce n'était pas tout. Il me jura finalement, sur la tête d'un petit vieux qui nous avait rendus à moitié malades à force de chanter *O sole mio,* que cette fois-ci on ne me ferait pas trimer, comme avant, sans autre résultat qu'une appréciable consommation de blocs-notes. J'aurais droit à des formalités de grand style : un contrat rédigé dans une écriture en pattes de mouche, qu'on vous glisse doucement sous le nez et puis on y appose une de ces signatures qui sortent prendre l'air avec leur collier et leur laisse ; une avance substantielle en liquide, qui grossirait *ipso facto* les fonds collectifs de la société, dont je pouvais me considérer comme un adhérent ; la promesse, sur l'honneur, que les sujets soumis par le signataire seraient, ou ne seraient pas, pris en considération par le comité de lecture, sujets qui, sous réserve de l'approbation de la Nena Lux (pour moi, elle a une aventure avec un nabot nasillard qui utilise généralement l'ascenseur), revêtiraient le moment venu la forme de véritables avant-projets de scénario et de dialogue.

Croyez-moi au moins une fois, Ustariz : je deviens un vrai impulsif quand il le faut. Alléché, je ne lâchai plus Farfarello : je lui payai une limonade que nous prîmes sous la surveillance du zébu ; je lui chaussai une moitié de cigare dans le groin et l'embarquai dans un bahut, historiettes à propos par-ci et petites tapes sur l'épaule par-là, jusqu'au Nouveau Parmesan de Godoy Cruz. Pour commencer, et préparer l'estomac, nous engouffrâmes n'importe quoi ; puis ce fut le tour du minestrone ; ensuite tout le gras du bouillon ; ensuite le riz à la valencienne rappliqua avec le *barbera* ; le *moscato* fit plus ou moins passer l'ensemble et nous fûmes ainsi en état de rendre hommage à un petit rôti de veau lardé, mais pas avant de nous être laissé tenter par quelques platées de boulettes de viande, et le gueuleton s'acheva par des crêpes, des fruits *mezzo* fadasses, vous voyez ce que je veux dire, un fromage du genre sablonneux et un autre baveux et un caoua-express avec beaucoup de mousse qui donnait plutôt envie de se raser que de se couper les cheveux. On vit rappliquer, à califourchon sur le mousseux, un certain M. Chissoti déguisé en grappa, qui nous transforma la langue en un bloc de béton et j'en profitai pour assener une de ces nouvelles renversantes, à en faire rouler les quatre fers en l'air le chameau avec sa bosse. Sans m'échiner en vains prologues et préliminaires, je préparai tout doux, tout doux, Farfarello et lui coupai le sifflet en lui annonçant tout de go que je disposais d'un sujet auquel ne manquaient que le celluloïd et une brochette de bouffons telle que le jour de la paye la S.O.U.P.E. amorcerait franchement sa désintégration. Comme un des innombrables bonbons collants s'était incrusté dans sa cavité buccale — le garçon lui-même ne réussit pas à l'extraire complètement —, je sautai sur l'occasion pour lui narrer *grosso modo,* avec un luxe de détails, l'histoire. Le pauvre minable hissa le drapeau blanc et me grinça dans les oreilles que ce sujet, je le lui avais déjà raconté plus de fois qu'il n'y a d'arêtes dans la daurade. Tâtez le pouls de l'événement : Farfarello me fit savoir qu'un mot de plus et il ne me présenterait pas, quand je m'y attendrais le moins, au gouvernement fantoche de la S.O.U.P.E. Quelle autre solution me restait-il, je vous le demande, sinon payer les consommations, le fourrer dans un taxi et le livrer à domicile, à Buzarco ?

Un mois s'était à peine écoulé, passé à me morfondre sur le banc de la patience et à tendre l'oreille, lorsque je reçus la citation à comparaître dans un « édifice particulier », à Munro, là où rugissait généralement la bande de tigres qui fait la loi à la S.O.U.P.E.

Quel échantillonnage passionnant ! Ce même après-midi, mon rayon visuel put s'appesantir sur les éminences grises qui donnent le ton à la vigoureuse industrie du cinéma. Ces yeux, qui reflètent votre face de petit pain, connurent des jours meilleurs, contemplant comme deux morveux Farfarello, un blond genre casse-pieds, avec de grosses babines noires ; le docteur Persky, sourire de boîte aux lettres et besicles, rappelant irrésistiblement un crapaud vu sous l'eau ; Mme Mariana Ruiz Villalba de Anglada, avec la maigreur exigée par Patou, et cette pauvre fourmi de Leopoldo Katz, qui sert de secrétaire à la dame et vous le prendriez plutôt pour un japoniais. De quoi clouer le bec au plus insatiable, à chaque instant pouvait apparaître en ces lieux le p'tit gars du Centre, l'ordonnateur des grands événements, le roi sans couronne du Buenos Aires noctambule, le super-mac du Pigall et de La Emiliana, ce Bonairense par antonomase, j'ai nommé Paco Antuñano y Pons. Et ce n'était pas tout : Rubicante faillit arriver lui aussi, le banquier qui dote les chimères d'une base sonnante et trébuchante. Quant à moi, je ne perdis pas la tête. Je compris vite que je fréquentais les hautes sphères et me contentai de regarder fixement, tousser, avaler ma salive, devenir luisant de sueur, avoir l'air attentif lorsque j'étais dans les nuages et répéter oui, oui, ja, ja, tel un chœur antique. On offrit ensuite le cognac dans des verres ballon et je fis passer comme une valise diplomatique les histoires les plus répugnantes, les simagrées sans équivoque et, en un mot, ce qui s'appelle un flot d'idioties et d'obscénités.

Les conséquences de cette bévue furent affligeantes : le docteur Persky, qui ne supporte pas qu'un autre que lui se mette en valeur, se défigura de jalousie et depuis lors il me bat froid que c'en est un plaisir ; Mme Mariana, dans la chaleur de la performance, crut découvrir en moi un beau parleur, une de ces machines à *causer* qu'on trouvait autrefois dans les salons, et moi je me sens maintenant tellement à l'étroit que je n'ose plus ouvrir la bouche, même pas pour gober les mouches.

Un après-midi, j'étais de meilleure humeur que si j'avais gagné le gros lot quand je tombai sur mon ami Julio Cárdenas. N'allez pas me raconter que vous ne le connaissez pas, vous qui vous êtes toujours situé, de plein droit, entre la canaille et la racaille. Souvenez-vous : c'est le fils du vieux Cárdenas, un patriarche avec redingote à queue, qui, nageant en chien et tout en surveillant la pipe de porcelaine qui lui ornait le museau, me sauva la vie il y a un bon bout de temps, lors de la dernière crue du Maldonado. Julio, un petit jeune homme endeuillé, avec un regard à donner envie de lui planter un thermomètre, et moi je vous garantis que je le détaillai d'un œil franchement méfiant ; fringué pour pas un rond et avec l'aspect d'un minable crétin, sans doute s'approchait-il des grandes Mecque du celluloïd poussé par la triste idée de leur vendre un sujet. Littérateur habemus, me dis-je, et je croisai aussitôt les doigts, voyant dans cet ami surprise un concurrent redoutable. Avalez une vitamine et comprenez ma situation : si le *giovanotto* brandit un cahier et nous barbouille les oreilles avec un cinédrame en guise de création inédite, je suis capable d'en crever de rage.

Je pris la chose très mal, Ustariz, mais le destin m'évita à la dernière minute de bouffer cette pilule amère. Cárdenas ne venait pas en qualité de littérateur, il présentait au contraire toutes les caractéristiques d'un étudiant amateur de machines filmantes. Amateur *anche* de Mme Mariana, selon l'histoire que voulut nous faire rentrer dans le ciboulot ce pauvre intrus de Farfarello. Je lui démontrai jusqu'à l'épuisement (j'eus sacrément envie d'aller me payer un petit roupillon vite fait dans mon lit-cage) que son exposé n'était vraiment pas fondé : expliquez-moi comment il pouvait s'intéresser à Mme Mariana, puisque moi j'avais dit qu'il ne s'intéressait qu'aux machines filmantes. Farfarello mordit la poussière de la déroute !

Vous devez penser qu'avec toute cette chance, j'en serais resté comme deux ronds de flan. Du balai ! Je me graissai la cervelle et je la fis tellement travailler que ma tête ressemblait plutôt à un ventilateur affublé d'un borsalino. Vous m'auriez vu ébauchant rondement un livret à succès, où se dessinait la romance d'une petite poupée de la haute, avec villa personnelle sur l'avenue de Mayo, et ne parlons pas de la ferme et du personnage du *gauchito* à qui elle a fait croire qu'elle s'était énamourée de lui pour mettre en joie les copines et à la fin — attention à la surprise ! — elle est vraiment tombée amoureuse et les voilà marida par le capitaine du pyroscaphe sur lequel ils avaient entrepris une croisière jusqu'à Ushuaia, parce qu'il faut d'abord connaître notre patrie. Un ciné-bijou non dépourvu d'intérêt pour le corps enseignant : vous passez dans un style étincelant de la rumba à la pampa et vous escortez ce couple sympathique qui ne fait pas la sourde oreille aux impératifs telluriques, offrant à la caméra l'occasion de filmer certains paysages. Le fait est qu'à l'échéance cette nouvelle les plongea dans l'inquiétude : j'avais parachevé d'un point final une comédie burlesque — inédite, certes. Ils essayèrent de prendre la chose à la rigolade mais j'insistai lourdement et il ne leur resta plus qu'à sacrifier une date pour la lecture. *Ipso facto* ils promulguèrent un règlement intérieur ne comportant qu'un seul article ; on y stipulait que la séance se tiendrait portes closes pour ne pas avoir à supporter mes mauvaises plaisanteries.

J'accusai le choc, mais que diantre ! j'étais plus cuirassé contre le mauvais sort qu'une genouillère grâce à mon *Ils finirent par se marier !* car ce fut ainsi que j'intitulai mon œuvre, frappant un grand coup. Moi j'étais tranquille, très tranquille, je savais que ma petite comédie était un de ces comprimés qui ne loupent jamais leur cible et d'un intérêt si palpitant que le comité de lecture en aurait la gorge sèche. Vous me connaissez, ne soyez pas assez crétin pour imaginer que j'aurai laissé échapper semblable réunion. Les quelques journées suivantes, je les passai à surveiller la montre, l'envie me démangeait de grossir le public des auditeurs. Je serais sur place, caché sous la peau de tigre s'il le fallait. Sur le tableau noir, écrit à la craie, je découvris que la rubrique « Lecture et Refus de *Ils finirent par se marier !* »

avait été repoussée au vendredi, à dix-huit heures trente-cinq.

2.

— Une fois, j'étais à moitié endormi et vous m'avez achevé avec l'histoire d'une petite réunion pour le celluloïd. Je suppose qu'on vous a viré avec pertes et fracas.

— Ne vous faites pas d'illusions, Ustariz. Je vais vous raconter la suite des événements avec la plus grande prolixité. Le vendredi fixé pour la lecture ne fut guère reculé que de trois mois. En revanche, ils conservèrent le règlement m'interdisant d'y assister. Le jour fatal, pour ne pas éveiller les plus basses suspicions, je fis acte de présence à seize heures et lâchai cette fausse information : on inaugurait à dix-huit heures trente-cinq, dans un petit local *ex professo,* l'Exposition municipale de Produits frelatés, car même vous, avec cette mine de mal pourvu, vous savez que je ne la manquerais pas pour un *provolone,* j'ai la passion du lucre dans le sang, et l'idée fixe d'acheter à prix folingue me fait acquérir de telles quantités de pâte de Mascarpone en désuétude que tous les rongeurs à la ronde sont au rendez-vous si on m'enferme dans un piège. Farfarello, toujours en alerte quand il s'agit d'achats de munitions de bouche, voulut me mettre le grappin dessus et l'organe directeur de la S.O.U.P.E. faillit se transporter en masse jusqu'au petit local que j'avais inventé à force de mensonges éculés et de purs bobards ; heureusement que le Poldo Katz coupa ces velléités à la racine et joua les chiens de garde, nous rappelant, à moi en particulier, que cet après-midi était réservé au refus de *Ils finirent par se marier !* selon les indications du tableau noir. Persky, qui ne laisse personne lui chercher des poux dans la tête, m'accorda un délai convenable pour quitter les lieux au triple galop. Moi, je ne demandais rien d'autre, mais leur gardai un chien de ma chienne.

Avec une appréciable marge d'erreur, dont le dépôt des balais et balayettes qui démontre à quel point le chef du personnel de la S.O.U.P.E dilapide les centimes, je tirai au clair que la lecture se déroulerait dans le petit salon de la table ronde, du nom du meuble qui s'y trouve. Par chance, il y a également un paravent, genre chinois, avec des animaux malfaisants, et derrière un petit réduit plutôt inconfortable mais sombre à décourager les mouches. Après le « adieu Berthe » exigé par le plus strict conventionnalisme, je sortis en faisant des simagrées à qui mieux mieux, pour bien montrer que je gagnais la rue, mais la vraie vérité c'est qu'après une promenade dans l'ascenseur de service, je me faufilai telle une anguille dans le petit salon de la table idem et m'embusquai — où ? si vous le devinez, je vous fais cadeau de ce billet usagé — à l'arrière-garde du paravent.

J'attendis trois quarts d'heure à peine, toquante en main, avant de voir rappliquer les susdits par ordre alphabétique, sauf bien sûr ce lâcheur de Katz, car à mon avis il déserta comme quelqu'un qui n'honore jamais sa signature. Ils s'installèrent à raison d'une chaise par tête de pipe et l'un d'eux s'empara du fauteuil pivotant. Au début, le parlement était capricieux, Persky les ramena à la réalité en leur assenant la douche froide d'un « la barbe, lisez ! ». Tous voulaient ne pas lire, mais l'inexorable zozoteur jeta son dévolu sur Mme Mariana qui commença à lire en ânonnant, avec un filet de voix, et elle sautait tout le temps des lignes. Farfarello, en digne lèche-cul, se crut obligé d'y aller de son couplet :

— Grâce à la voix de Mme Ruiz Villalba, velours et cristal, la bouillie la plus infâme devient comestible. La qualité, la distinction innée, le rang, la beauté si l'on veut, dorent la pilule et nous font ingurgiter tous les fatras. Je proposerais d'entendre plutôt ce jeunôt de Cárdenas qui, n'engendrant précisément pas la sympathie, nous permettra un jugement approximatif, au lieu d'en être comme embaumés.

— Tu l'as dit, bouffi, rétorqua la dame. J'allais justement déclarer que tout le monde sait que je lis divinement.

Persky opina avec pondération :

— Que Cárdenas lise. A mauvais lecteur, scénario infect. Le nid est adapté au charognard.

Et tous de s'esclaffer que c'en était un plaisir. Farfarello, qui ne sait que s'appuyer sur l'opinion générale, émit un jugement qui était une véritable insulte à ma conduite et à mon allure. Si vous aviez vu son succès ! Au mieux, et à les entendre, j'avais tout de l'abruti. Mais ces misérables créatures ne pouvaient pas subodorer ma présence derrière le paravent, et je me les mettais dans la poche sans perdre un traître mot. Ça s'atténua lorsque l'insupportable raseur se mit à lire avec cette petite voix de robinet déglingué. Rira bien qui rira le dernier, me disais-je, mon œuvrette finira par s'imposer d'elle-même. Je ne me trompais pas. Au début, ils rigolaient comme des perdus puis ils se fatiguèrent. Depuis mon paravent je suivais la lecture avec une curiosité aiguë, appréciant chaque touche à sa juste valeur, avant de m'endormir comme les autres en moins de temps qu'il ne faut pour le dire.

Des élancements dans tout le corps et un goût de pâtée dans la bouche me réveillèrent. En tâtonnant pour trouver la lumière je heurtai le paravent. On n'y voyait goutte. Après un moment tout entier consacré à Froussardise, je chopai la vraie vérité. Il n'y avait plus âme qui vive et j'étais resté enfermé à l'intérieur, comme celui qui avait passé la nuit dans le jardin zoologique. A l'évidence, l'heure était venue de jouer le tout pour le tout ; je progressai à quatre pattes vers ce que je croyais être la porte et se révéla être un gnon. Les arêtes de la table basse perçurent leur tribut de sang et je faillis me confondre avec les dessous de l'ottomane. Un individu dépourvu de volonté — vous, Ustariz, par exemple — aurait essayé de se redresser sur ses pattes de derrière et d'allumer. Pas moi, je suis un spécimen particulier et ne ressemble pas au dénominateur commun : j'avançai dans l'obscurité le plus quadrupèdement du monde, ma raison sociale Tête S.A. conserve encore le souvenir douloureux des bosses qui ponctuèrent l'ouverture de chaque brèche. D'un mouvement du nez je tournai le loquet et alors, *mamma mia,* j'entends monter dans l'immeuble désert l'ascenseur. Un Otis à capacité renforcée ! S'agissait-il de crapules qui me dévaliseraient entièrement, y compris les pellicules dans les cheveux, ou d'un veilleur de nuit à l'ancienne, capable de ne pas me voir d'un bon œil ? Ces deux éventualités me firent passer l'envie d'un petit déjeuner complet avec des croissants. A peine eus-je le temps de reculer que l'ascenseur surgit, telle une cage illuminée d'où descendirent deux passagers. Ils entrèrent sans faire attention à votre serviteur, fermèrent, *ciao,* la porte et me laissèrent tout seul dans le couloir, mais je les avais déjà catalogués. Pas plus des truands qu'un veilleur de nuit ! C'étaient plutôt le jeune Cárdenas et Mme Mariana, mais je suis un gentleman et je n'aime pas les ragots. Je collai un œil sur la serrure : noir, noiraud, noirâtre. Ustariz, à quoi bon prendre racine pour ne rien voir ! A pas de loup, je me glissai dans l'escalier, de peur qu'ils n'entendent l'ascenseur. La porte donnant sur la rue pouvait s'ouvrir de l'intérieur, et avec toutes ces histoires il était déjà minuit passé. Je pris la poudre d'escampette.

Je ne vais pas essayer de vous faire croire que j'ai dormi cette nuit-là. Je me retournai dans mon plumard plus nerveux qu'une urticaire. Le gâtisme doit me guetter mezzo mezzo, car avant de m'être payé un petit déjeuner à la pizzeria, je n'eus pas une vision globale des possibilités de l'événement. Toute la matinée fut consacrée à ressasser encore et encore l'idée fixe, et après m'en être tapé deux au plat dans le Popolare de Godoy Cruz, j'avais incubé mon plan de campagne.

J'obtins, en prêt, les vêtements neufs du plongeur du Popolare, accoutrement vite complété par le canotier noir du cuisinier qui est un de ces mondains vivant pour la représentation. Un séjour chez le barbier du coin me mit en condition d'aborder le tram 38. Je m'évacuai au croisement de Rodriguez Pena, défilai avec le plus grand naturel devant la pharmacie Achinelli et finis par mouiller l'ancre à Quintana. Je tombai grosso modo sur le numéro de la maison en regardant tout simplement les plaques. Le concierge, imbu de l'autorité que lui conféraient ses boutons de bronze, n'était pas homme à me répondre de prime abord dans un climat de fraternelle égalité ; mais la garde-robe fit son petit effet : le Celte daigna me laisser emprunter l'ascenseur de service, me prenant peut-être pour rien moins que l'encaisseur de la Société d'Hygiène. J'étais arrivé à destination en douceur. La porte du troisième droite s'ouvrit, apparut un cuisinier qui aurait pu penser que je voulais lui rendre son chapeau de paille, mais dont un examen attentif révéla qu'il était un autre : le chef de Mme Anglada. Je l'embobinai grâce à une carte de Julio Cárdenas, sur laquelle j'avais griffonné un petit dessin confidentiel, histoire de me faire passer pour Cárdenas auprès de la dame. Après avoir délaissé éviers et réfrigérateurs, j'atteignis un boudoir doté des derniers raffinements, la lumière électrique par exemple, et un canapé pour l'hôtesse alanguie ; elle se faisait en effet masser par un Japonais tandis qu'un individu avec une tête d'étranger lui brossait les cheveux, blonds comme les blés dirait-on banalement, et qu'un troisième, un professeur sans doute à son air appliqué et à sa vue courte, recouvrait d'argent les ongles de ses arpions. La dame portait à même la peau une robe d'intérieur et son sourire faisait honneur à son mécanicien-dentiste. Ses yeux clairs me dévisageaient, tels deux amis ombrés de faux cils. Je faillis chanceler en décomptant plus d'un masseur et je pus à peine mâchonner dans ma moustache que le plus scandalisé par l'effronterie de la carte c'était moi, je n'aurais même pas osé rêver qu'on avait pu y mettre le dessin.

— C'était mignon tout plein et épargnez-moi vos préjugés, rétorqua la dame d'une voix qui me tomba sur l'estomac comme un bloc de glace.

Heureusement que je suis un homme du monde. Sans me démonter, j'ébauchai frénétiquement un grand tableau synoptique du palmarès du Sportivo Palermo et j'eus le bol de voir les Japonais corriger mes erreurs les plus crasses.

La dame, qui à mon avis n'est pas sportive, nous interrompit au bout d'un long moment :

— Vous n'êtes pas venu ici pour parler comme la radio qui retransmet les matches, me dit-elle. Vous ne nageriez pas dans ce costume qui sent la bidoche maison.

Je sautai sur cette perche qu'elle me tendait et lui chantai avec un enthousiasme tout neuf :

— But du River Plate, madame ! Mon intention était de vous entretenir de la bobine, ou plutôt du scénario, que vous avez auditionné hier soir. Un Grand Sujet, Fruit d'un Crâne Gigantesque, n'est-ce pas ?

— Que puis-je penser de cet opiat ? Telescopio Cárdenas n'a pas du tout, mais alors pas du tout, aimé.

Je m'autorisai un rictus méphistophélique.

— Cette opinion ne me perturbe pas le métabolisme. En revanche j'exige votre promesse conjointe de vous activer à fond pour que la S.O.U.P.E. tourne mon scénario. Jurez-le et vous pourrez compter sur mon silence éternel, je serai muet comme une tombe.

La réponse ne se fit pas attendre :

— Rien de plus crispant que le silence éternel. Ce qui met les femmes en colère, c'est qu'on ne claironne pas que je suis bien mieux que Petite Bernasconi.

— J'ai connu un Bernasconi qui chaussait du 48 fillette, lui rétorquai-je, mais laissez de côté la rubrique chaussures. Vous avez une obligation impérieuse, madame, placer mon ciné-bijou à la S.O.U.P.E., si par malheur un petit oiseau allait en conter de belles à monsieur votre époux.

— Me voilà tout à fait perdue, opina la dame. Quelle idée de dire des choses incompréhensibles !

Difficile de se tirer de ce guêpier, mais je fus à la hauteur.

— Ce coup-ci, vous allez me comprendre. Je me réfère au couple délictueux que vous formez avec ce susnommé de Cárdenas. Cette faribole pourrait intéresser votre petit mari.

Pour un coup de théâtre, ce fut un beau fiasco. Les Japonais de rigoler que c'en était un plaisir, et quant à la dame, elle me dit au milieu des quolibets :

— C'est pour ça que vous vous étiez mis sur votre trente et un ? Allez raconter cette histoire à mon pauvre Carlos, et vous serez chocolat.

Je reçus l'impact tel un Romain. J'eus à peine la force d'agripper le fauteuil pivotant pour ne pas rouler évanoui sous le tapis. Un traquenard ourdi avec une telle tendresse, lamentablement éventé, réduit à néant par l'éternel féminin ! Comme disait celui d'à côté, avec ses grandes dents : les femmes, c'est la mort.

— Madame, lui répondis-je d'une voix chevrotante, sans doute suis-je un incorrigible, un romantique, mais vous, vous n'êtes qu'une immorale qui ne récompense pas mon zèle d'observateur. Je suis franchement désenchanté et ne puis vous garantir que je me remettrai de ce choc dans des délais convenables.

Tout en laissant libre cours à ces paroles empreintes d'émotion, j'avais gagné la porte. Alors, saluant avec le canotier noir du cuisinier, je me retournai lentement pour lui décocher, amer et digne :

— Sachez que votre soutien pour le film ne m'aurait pas suffi. J'allais également vous soutirer du fric. J'avais rêvé que dans certaines sphères on respectait les valeurs. Je me suis trompé. Je sors de cette maison comme j'y suis entré, les mains propres. On ne me reprochera pas d'y avoir perçu le moindre sou.

Après lui avoir assené ces quatre vérités, je m'enfonçai à deux mains le canotier noir sur la tête, jusqu'aux épaules.

— Pourquoi voulez-vous du fric ? De toute façon, vous êtes crétin de naissance, me cria l'oligarque depuis son divan, mais je traversais déjà l'office et je ne l'entendis pas.

Je vous le jure, je me retrouvais dehors dans un état d'effervescence avancée, la matière grise transformée en ventilateur et le plastron que m'avait prêté le gardien de nuit du Popolare trempé de sueur.

Sous peine de dégueulasser l'accoutrement de mes protecteurs, je franchissais tout droit, tel un bolide humain, la circulation débridée de seize heures et de tant d'autres après-midi, jusqu'à ce que la pression eût baissé. Quoi qu'en dise le positivisme, le miracle se produisit soudain : apaisé, serein, profondément bon, humain dans le sens le plus fécond du mot, plein de charité pour toute la création, me voici brusquement dans la pizzeria Jardin Zoologico, engouffrant en homme simple une quantité extravagante de gâteaux, qui — soyons sincères, pour une fois — me parurent plus savoureux que les menus à la française de cette pauvre Mariana. J'étais le philosophe juché sur la dernière marche de l'escalier, et ses semblables ont la taille d'une fourmi, et il rit, hi ! hi ! La consultation alphabétique de l'annuaire des téléphones argentins me confirma l'adresse du jeune

Cárdenas, que je connaissais à en périr d'ennui. Je constatai un fait de mauvais augure : le misérable était domicilié dans un quartier des plus miteux qui soient. Pouilleux, fauché, va-nu-pieds, dis-je avec amertume. Cette douloureuse confirmation ne présentait qu'un seul solde positif : Cárdenas vivait juste derrière chez moi.

Certain que les prêteurs du Popolare auraient du mal à me reconnaître, vu ma garde-robe inhabituelle, je rampai tel le ver solitaire devant les portes mêmes de l'établissement susmentionné.

Entre le garage de Q. Pegoraro et la fabrique de siphons, je parcours *de visu* un immeuble en rez-de-chaussée et aux proportions nettement modestes, avec ses deux imitations de petits balcons et sa porte dotée d'une sonnette. Alors que je mesurais la maison du regard, pour bien l'insulter, la porte fut ouverte par une personne respectable, sexe féminin et chaussure savate, dans laquelle j'identifiai, malgré les ans, la veuve de mon sauveur et la maman de mon ami. Je lui demandai si Julito, par hasard, ne faisait pas acte de présence. Il le faisait et j'entrai. Je passai en revue tout un bric-à-brac et la dame me servit je ne sais quelle banalité, elle commençait à devenir vieille — vous parlez d'une nouvelle ! — et n'était plus bonne qu'à s'occuper de son fils et des jasmins. De fadaise en stupidité nous avions gagné la salle à manger, qui donnait aussi sur l'autre cour, où je ne tardai pas à apercevoir le petit Cárdenas ; privilégiant la production étrangère, il était plongé dans le troisième tome de l'*Histoire universelle* de Cantú.

Dès que la dame âgée eut battu en retraite, je tapai sur l'épaule de Julito qui faillit en avaler son bulletin de naissance, et je lui décochai à brûle-pourpoint :

— Boum, badaboum ! Le pot aux roses est découvert et pour toi, fiston, fini la belle vie. Je viens t'exprimer mes condoléances.

— Mais que voulez-vous dire, Urbistondo ? répondit-il en me désignant par mon nom, comme s'il ne me connaissait pas assez bien pour m'appeler Fouille-Merde.

Afin de le mettre à l'aise, je m'enlevai le dentier prêté par le gâte-sauce du Popolare et le déchargeai sur la table, agrémentant la manœuvre d'un allègre et inquiétant ouah-ouah. Cárdenas devint d'une couleur ambre pâle et moi, qui n'ai pas la vue courte, je caressai le vif soupçon qu'il allait s'évanouir de frayeur. Au lieu de cela il m'offrit une cigarette, que je refusai tout net, pour augmenter la dose de suspense et d'angoisse exacerbée. Pauvre inconscient, me proposer des cigarettes, à moi, habitué à fréquenter le Buenos Aires résidentiel, voire l'appartement de luxe de Mme Anglada, tiens, cet après-midi même, sans aller chercher plus loin.

— J'en viens directement au fait, lui dis-je en annexant sa cigarette. Je veux parler du couple délictueux que tu formes avec une femme mariée de notre élite. C'est une faribole qui pourrait intéresser le petit mari de l'épouse de Carlos Anglada.

Il resta coi comme si on lui avait tranché la gorge.

— Vous ne serez pas assez misérable, articula-t-il finalement.

Je lui modulai un rire farceur :

— Ne me titille pas sinon ça va te coûter cher, lui répondis-je piqué au vif. Ou bien tu m'alloues une quantité non négligeable en liquide, ou bien la réputation de cette dame que mon honneur se refuse à nommer s'en trouvera, *si voce m'entende,* ternie.

La volonté de ce minable indécis semblait balancer entre l'envie de me châtier et le dégoût. Moi j'étais tout entier occupé à éliminer, en sueurs froides, les gâteaux engloutis devant le zoo, sans parler du délicat potage aux vermicelles qui avait rehaussé le déjeuner, lorsque, vive moi ! le facteur dégoût l'emporta. L'adversaire se mordit les lèvres et me demanda, semblant s'adresser à un autre somnambule : combien ? Le malheureux ! Il ne savait pas que je suis dur avec les mous et mou et obséquieux avec les durs. Certes, ma première consigne, en tant que système nerveux, fut de faire marche arrière. Aveuglé par la cupidité, je n'avais pas prévu la question et matériellement je ne pouvais pas sortir pour consulter un conseiller, il n'en manque jamais au Popolare, qui m'indiquerait les tarifs en vigueur.

— Deux mille cinq cents nationaux, lâchai-je soudain, d'une grosse voix.

Le petit malin changea de couleur et, au lieu de la contre-proposition à laquelle je m'attendais, il réclama une semaine. Ennemi du chipotage, je l'assignai à deux jours de vue :

— Deux jours. Pas une minute, pas un jour, pas

une année de plus. Après-demain, à dix-neuf heures cinquante-cinq pile, dans la cabine téléphonique numéro 2 de Constitución, tu apportes le flouze dans une enveloppe. J'aurai un ciré en caoutchouc et un œillet rouge à la boutonnière.

— Mais, Fouille-Merde, protesta Cárdenas, à quoi bon se donner cette peine, vous habitez juste à côté.

Je compris son point de vue, mais j'ai pour principe de tenir bon.

— J'ai dit à Constitución, après-demain, cabine numéro 2. Faute de quoi je n'accepterai pas un centime de toi.

Je décochai ces paroles inexorables, astiquai le dentier avec le napperon vert, me le chaussai en poussant un second ouah-ouah et sortis rapidement sans même lui tendre la main, comme celui qui a oublié quelque chose sur le feu.

Le lundi, à l'heure convenue, quelle ne fut pas ma surprise en rencontrant, au beau milieu de Constitución, le jeune Cárdenas qui me remit une enveloppe, le visage sévère. Je l'ouvris par où vous savez, le fric s'y trouvait.

J'ignore pourquoi je sortis avec dans la tête des idées de chorizo et de chocolat. Je stoppai impérieusement un 38 et en ma qualité d'un des trente-six passagers assis, mais debout, je ne lâchai pas prise avant d'avoir été rapatrié par le tramway au coin de Darragueyra. La soirée s'annonçait sous des auspices favorables ; l'air désinvolte, je me laissai choir au Nouveau Parmesan, voulant y fêter la victoire avant de m'enfermer dans mon lit-cage. Je parcourus, sans trop de hâte, la rubrique soupes ; les étapes du bouillon, du potage paysan et de la soupe au riz avaient déjà été dépassées et un arrière-goût de tripes à la lombarde se frayait un chemin parmi les oignons lorsque, en portant à mon gosier un petit blanc dernier modèle, je vis que des masseurs riaient aux éclats dans la porte à tambour. Un examen préalable leur avait permis de m'identifier : j'étais ce monsieur à la veste immense, sentant la nourriture, qui était venu rançonner Mme Mariana, et eux les Japonais du même épisode. M'ennuyant à manger seul et pour bien montrer que j'étais en fonds, je multipliai les démonstrations d'amitié de sorte qu'ils ne m'accordèrent pas le temps de me dédire : ils avaient déjà envahi ma table, au nombre de quatre, et dégustaient le hachis de viande. La galette pascale les occupa un moment tandis que je bâfrai la polenta. Et les blanchisseurs de s'envoyer force limonades Bilz, jusqu'à ce que cette obstination me mît un petit peu en colère. Afin de leur inculquer le goût des bonnes choses, je passai du vin Toro au vin Titan, non sans avoir arrosé le minestrone avec du cidre La Farruca. La race jaune durcissait sa résistance illico, mais moi, de fer. En vrai champion style lion indomptable, je catapultai d'un maître shoot panoramique les boîtes de limonade, et n'étaient les chaussures à semelle renforcée, ç'aurait été un coup à s'abîmer les panards. A moitié excité, allez donc savoir pourquoi, je lançai mon premier aboiement de la soirée et sommai le garçon de bien vouloir remplacer le verre brisé par ses bonnes bouteilles de mousseux. « Je vais vous apprendre à ne pas confondre un *moscato* et un café au lait avec des croissants ! » hurlai-je à mes amis. J'avais élevé la voix, je l'avoue, et les pauvres Nippons, décontenancés, furent obligés de vaincre leur répugnance et d'emboucher les goulots. « Cul sec ! cul sec ! » leur gueulait dessus cet énergumène en joignant l'exemple au précepte. Le roi des tire-bouchons, le bringueur en forme olympique, le grand bouffon des ripailles de Villa Gallinal renaissait en moi, grandiose ! Les malheureux me regardaient complètement interloqués. Pour cette première nuit, je ne voulus pas leur en exiger beaucoup plus, car le japoniste n'encaisse pas et quand on a la tête qui tourne, il a vraiment l'air ivre.

Le mardi, dès potron-minet, le garçon m'indiqua que les Japonais m'avaient ramassé, lorsque j'avais roulé par terre, et déposé dans mon propre lit. Des mains inconnues m'avaient soulagé de deux mille cinq cents pesos au cours de cette cruelle nuit. La loi me protégera, balbutiai-je avec un chat dans la gorge, et en moins de temps qu'il ne vous en faut pour quelques petits gargarismes, je me retrouvais au poste, aidant avec un franc désintéressement les forces de l'ordre. « Monsieur l'Auxiliaire, répétai-je, je vous demande seulement de découvrir l'énergumène qui m'a volé les deux mille cinq cents pesos, de me restituer le montant du larcin et de décharger tout le poids du code sur cette vile engeance. » Ma requête était simple, à l'instar de toutes ces mélodies arrachées à un grand cœur, mais l'auxiliaire, un fouineur qui aime tourner autour du pot, commença à me poser des questions absolument oiseuses auxquelles je n'étais à vrai dire pas préparé. Sans aller chercher plus loin : il voulut m'entendre expliquer l'origine de cet argent ! Je compris que cette curiosité malsaine ne donnerait rien de bon et j'abandonnai le commissariat en toute hâte. Deux rues plus loin, dans le commerce ouvert par N. Tomasevitch, l'éminence grise du Popolare, je tombe sur qui ? Attention à la commotion cérébrale ! Sur les Japonais, morts de rire et tout de neuf vêtus, qui s'achetaient des bicyclettes. Un Japonais sur un vélo, vous vous rendez compte ! Infantiles, irrémissiblement infantiles, ils ne soupçonnaient pas la tragédie rongeant ma poitrine d'homme et répondirent à peine d'une risette au ouah-ouah badin que je leur lançai du trottoir d'en face. Ils s'éloignèrent à la force du jarret ; la métropole indifférente les avala, sans la moindre mimique.

Je suis ni plus ni moins comme la balle en caoutchouc ; quand on me tape dessus, je rebondis. Après m'être octroyé un arrêt en chemin (histoire d'accoster ma petite table du Popolare et d'y charger un litre de soupe), j'arrivai dans un temps méritoire à la maison, du reste hypothéquée, de Julio Cárdenas. L'intéressé m'ouvrit lui-même la porte.

— Tu sais quoi, mon grand copain ? lui dis-je en lui fourrant l'index dans le nombril, hier, nous nous sommes crevés pour que dalle. C'est la vie, Julito, et inutile de pleurer. Il faut aller avec son temps, il faut chercher les tickets là où ils sont. Pour que l'affaire prenne couleur, tu vas me créditer du deuxième versement. Apprends le chiffre par cœur : kopecks, deux mille cinq cents.

Le quidam devint d'une tessiture terreuse, tel un monument à la gloire de la mie de pain, et bredouilla je ne sais quelle incrongruité que je me refusai à écouter.

— Une seule consigne, ne pas éveiller les soupçons, lui soulignai-je. Demain mercredi, à dix-neuf heures cinquante-cinq, je t'attends au pied de la statue de D. Esteban Adrogué, dans le foyer suburbain de même nom. Moi je porterai un canotier noir, prêté ; toi tu peux brandir un journal.

Je sortis sans lui laisser le temps de me serrer la mienne. Si je palpe demain, pensai-je, je jure de réinviter les Japonais. Je dormis à peine cette nuit-là, si grande était mon envie de caresser le papier-monnaie. L'interminable journée toucha à sa fin. A dix-neuf heures cinquante-cinq tapantes, je déambulais déjà depuis un long moment, sous le canotier noir servant de point de repère, dans le périmètre de la statue. La pluie qui, à dix-sept heures quarante, restait dans les limites d'une bruine persistante, revêtit un caractère énergique à partir de quarante-neuf et je redoutais de récolter en guise de couvre-chef le réverbère et M. Adrogué en personne, jouets de la tornade soufflant de la Pampa. De l'autre côté de la place, près de l'eucalyptus qui ne connaissait pas une seconde de répit, il y avait un kiosque en bonne et due forme, la promesse d'un abri précaire à condition d'obtenir l'agrément de monsieur le marchand de journaux. Tout autre moins lié par sa parole que moi n'aurait pas fait preuve de ce stoïcisme, bravant les éléments, avec le canotier qui prenait une consistance pâteuse et me déteignait sur la figure.

Le jeune Cárdenas ? Eh bien disons qu'il brilla par son absence. Je résistai jusqu'à vingt-deux heures, imperturbable sous la douche, mais tout a une limite, y compris la patience d'un saint. Un soupçon m'effleura l'esprit : Cárdenas ne viendrait pas. Sans autres applaudissements que ceux de ma conscience, je me glissai enfin dans l'omnibus. Au début, je me laissai quelque peu distraire par les franches allusions des passagers que j'inondais, mais à peine engagé dans Montes de Oca, je discernai l'événement dans son intégralité : Cárdenas, que je n'avais pas hésité à appeler mon ami, n'était pas venu au rendez-vous ! La fameuse histoire du colosse aux pieds d'argile ! Je passai de l'omnibus au métropolitain et du métropolitain au domicile de Cárdenas, sans même faire escale au Popolare pour m'y réconforter le ventre avec de la semoule, au risque d'encourir les représailles du personnel, dont j'avais gaspillé le canotier noir à me teindre le visage et le reste des vêtements. Avec tous mes panards et mes mains je commençai à taper sur la porte de la rue, m'encourageant à la tâche grâce à mon déjà classique et tonitruant ouah-ouah. Cárdenas m'ouvrit en personne.

— Le noble cœur s'épuise en pure perte, lui lançai-je, en le trempant jusqu'aux os d'une seule taloche. Ton mentor financier, ton second père, s'obstinant à attendre sous la pluie, et toi inactif, à l'abri.

Imagine ma déception ! Je te croyais moribond, souffrant — car seul un cadavre pouvait manquer à ton rendez-vous d'honneur — et je viens te surprendre ici frais comme une rose. Il y a de quoi écrire un livre.

Il me répondit je ne sais quelle extravagance, mais il aurait aussi bien pu me parler en anglais.

— Deviens raisonnable, si tu le peux, lui dis-je sous le nez ; quelle fiancecon puis-je déposer en toi si tu te défiles à la première occasion ? Si nous tenons le coup ensemble, nous pouvons parcourir un long chemin ; sinon, je crains que l'échec le plus noir ne mette un point final à nos rêves. Comprends qu'il ne s'agit ni de toi ni de moi, simple combinaison de deux ou trois atomes ; il s'agit de deux mille cinq cents pesos. Exécution, en avant marche !

— Impossible, don Urbistondo, je n'ai pas de fric.

— Quoi ? Mais tu en avais la dernière fois, lui rétorquai-je par retour de courrier. Sors les biffetons de ce matelas qui doit ressembler à la corne d'abondance.

La réponse sortit difficilement.

— Le fric n'était pas à moi. Je l'ai emprunté à la caisse de la société.

Je lui jetai un regard mêlé d'étonnement et de dégoût.

— Je converse donc avec un voleur ? lui demandai-je.

— Oui, avec un voleur, bredouilla cette pauvre chose.

Je l'observai pendant un moment et lui dis :

— Espèce d'imprudent, tu ne te rends pas compte que cela renforce ma position. Ma souveraineté est maintenant sans appel. Je te domine d'un côté grâce au détournement de fonds, et de l'autre avec les grivoiseries de la dame.

Ces derniers mots, je les prononçais par terre, parce que ce faible d'esprit me flanquait une tripotée de choix. Bien sûr, à force de recevoir des coups, l'architecture de la phrase finit par devenir déficiente, et le malheureux pugiliste eut bien du mal à me comprendre :

— Après-demain... dix-neuf heures cinquante-cinq... surmontant la place de Cañuelas... deux mille cinq cents de chez nous livrés dans une seule enveloppe... ne me tape pas si fort... j'aurai un imperméable et un œillet... on ne tape pas si fort sur un ami de son papa... ça y est, tu m'as fait saigner, repose-toi un peu... tu sais que je suis inexorable... la représentation ne sera pas suspendue à cause du mauvais temps... viens avec un borsalino tirant sur le vert...

Je lui débitai la fin depuis le trottoir, où il m'avait accompagné à la pointe de son soulier.

Je retrouvai mon aplomb tant bien que mal, et tombant de-ci, me relevant de-là, je gagnai ma couche pour y jouir d'un sommeil bien mérité. Je m'endormis bercé par cette cantilène : deux nuits et deux jours, et j'en empoche deux mille cinq cents au cours légal.

L'après-midi du rendez-vous arriva enfin. L'émotion de voyager éventuellement dans le même train que ce pigeon me minait. Que faire en cas de carambolage ? Tomber dans les bras l'un de l'autre ? Attendre la place de Cañuelas pour se saluer ? Revenir dans des voitures ou des convois différents ? Tant d'inconnues passionnantes me donnaient la fièvre.

Sur le quai je fus soulagé : pas de Cárdenas en borsalino et avec enveloppe. Comment aurais-je pu le voir, ce fumiste ! il n'apparut point. Je fis le pied de grue à Cañuelas comme à Adrogué ; dans ces villages du Sud il pleut sans relâche. Je jurai d'observer les préceptes de ma conscience.

Le lendemain, Farfarello me reçut en arborant un sourire glacial. Sans doute redoutait-il que je vienne le barber avec mon ciné-bijou. Je lui ôtai une épine à ce sujet.

— Monsieur, lui dis-je, je me présente en qualité de gentilhomme pour déposer une délation. Vous en estimerez la valeur ; dans le pire des cas, je serai à moitié consolé par la certitude d'avoir accompli mon devoir. Très franchement, ce qui m'inspire, c'est le prurit de me gagner l'amitié de la S.O.U.P.E.

M. Farfarello me répondit :

— Du laconisme, voilà le seul moyen de gagner cette amitié. A mon avis, on vous a flanqué cette volée pour vous clouer le bec, qui ressemblerait plutôt à un nombril.

Ce ton familier me poussa à m'épancher.

— Monsieur, vous réchauffez une vipère dans votre sein. Cet ophidien est votre employé Julio Cárdenas, connu parmi la pègre sous le nom de

Télescope. Il ne se contente pas d'attenter à la morale dans cette enceinte austère : à des fins inconfessables, il vous a volé deux mille cinq cents pesos.

— L'accusation est grave, m'assura-t-il en dressant l'oreille. Cárdenas a été jusqu'à présent un employé correct. Je vais le chercher pour procéder à la confrontation. Depuis la porte il ajouta : Vous avez pris la sage précaution de venir déjà roué de coups, mais il doit bien vous rester un coin de pif qu'on pourrait transformer en tomate.

Je me demandai si Cárdenas n'allait pas encore se mettre en colère et je filai à l'anglaise, sans autre cérémonie. Avec le même enthousiasme je dévalai d'une seule traite les quatre étages et escaladai un microbus de la Corporation, format géant. De quoi en crever de rage ; si l'engin ne passe pas aussitôt, j'assiste à un spectacle de première : Cárdenas, l'escroquerie étant découverte, plonge du quatrième étage de l'édifice particulier de la S.O.U.P.E. et se répand sur le pavé comme une omelette. Oui, monsieur, le taré s'était suicidé, ainsi que vous avez pu l'apprendre grâce à la petite photo publiée dans les journaux du soir. J'avais loupé la représentation, mais une de nos grandes âmes argentines — mon frère de lait, le docteur Carbone — essaye de me consoler en notant, avec un luxe de détails, que si je musarde un peu, c'est moi qui reçois en pleine poire les soixante kilos de Cárdenas, et me retrouve expédié *ad patres*. Il a bien raison, le Momo Carbone, la providence est de mon côté.

Cette nuit-là, sans me laisser affecter par la désertion de mon associé, je chaussai mon Rolobic et expédiai une lettre dont j'ai gardé copie, vous n'y couperez pas :

« Monsieur Farfarello.
Cher Monsieur,

De votre noblesse proverbiale, j'attends cette confession : alors que je venais vous dépeindre, grosso modo, la noire délinquance de Cárdenas, vous avez pensé que ma sympathie pour tout ce qui concerne la S.O.U.P.E. m'avait peut-être poussé à forcer sur les couleurs sombres, formulant " une grave accusation " tout à fait étrangère à mon caractère. LES FAITS ME JUSTIFIENT. Le suicide de Cárdenas prouve que mon accusation était *exacte* et ne devait rien à la sottise ou à l'imagination. Une campagne obstinée et désintéressée, menée avec la plus grande prolixité et à force d'insomnies et de sacrifices, m'a permis, finalement, de démasquer un ami. Ce lâche s'est fait justice de sa propre main, se soustrayant au Code, conduite que je suis le premier à répudier.

Il serait regrettable à tous égards que la compagnie cinématographique dont vous êtes le digne gérant ne reconnût pas mon labeur en faveur de l'entreprise, labeur pour lequel j'ai immolé, avec plaisir, mes meilleures années.

Affectueusement vôtre. »

(Signature.)

Après avoir remis ce pli à la boîte aux lettres de toute confiance sise exactement devant le Popolare, je passai quarante-huit heures de haute tension, qui ne constituèrent certes pas le baume apaisant exigé par l'homme moderne, certains plus que d'autres d'ailleurs. Ce que les facteurs ont pu me haïr ! Sans aucune exagération, je devins vraiment insupportable, et même casse-pieds, vérifiant s'ils ne portaient pas une lettre particulière à mon nom, avec l'en-tête caractéristique de la S.O.U.P.E. Dès qu'ils me voyaient planté devant la porte, ils faisaient une tronche si triste que je devinais l'absence de réponse ; je n'en renonçais pas pour autant à les interroger à fond et à leur demander en vain de renverser la sacoche dans la première cour, voire dans le vestibule, pour jouir moi-même de la surprise de trouver l'enveloppe tant espérée. Elle n'arriva pas ; purée ! dis-je.

A la place, j'eus droit à la sonnerie du téléphone. C'était Farfarello ; il me donnait rendez-vous cet après-midi même dans le local de Munro. Je pensai : ma lettre à sensation, d'une chaleur tellement humaine, les a atteints jusqu'à la moelle. Je me préparai comme pour la nuit de noces ; gargarismes contre la mauvaise haleine, tonte des cheveux, lessive avec du savon jaune, sous-vêtements directement fournis par le personnel du Popolare, costard à la taille du cuisinier, gants beurre frais et une paire de pesotos dans la poche pour faire face à toutes les circonstances. Ensuite, sus à l'omnibus ! A la S.O.U.P.E. se trouvaient Persky, Farfarello, le Gamin du Centre et Rubicante en personne. La Nena Lux également, dont j'imaginais qu'elle jouerait le rôle principal.

Je m'étais trompé. La Nena Lux, c'était pour l'emploi de domestique, car celui de petite poupée de la haute échut, ainsi que nul ne peut dorénavant l'ignorer, à Iris Inry. On me félicita pour la lettre ; le docteur Persky s'envoya un laïus poids mi-lourds, glorifiant ma preuve de loyauté et nous procédâmes à la signature du contrat et au débouchage de monsieur le mousseux. Nous bûmes au succès de la production, déjà un peu éméchés.

Le tournage éclair eut lieu dans de vastes paysages naturels et dans des décors de Sorolla qui, comme dirait le docteur Montenegro, « n'arrive pas à être un pinceau mais est déjà une vraie queue-de-morue ». Le succès, dans le centre et les faubourgs, persuada plus d'un pessimiste que la chimère d'un septième art argentin n'est plus, à cette heure, du domaine de l'impossible. Je créai ensuite *Il se suicida pour échapper à la prison !* puis *Leçon d'amour dans le Quartier Nord.* Ne souriez pas au point d'en exhiber vos molaires cariées : ce dernier titre ne prétend pas claironner aux quatre vents les figures classiques que je me suis payées, et paye encore, avec Mme Mariana. *Au plaisir,* Ustariz. Voici les invitations pour la première de *Un homme qui réussit.* Je m'en vais comme si j'avais le diable aux trousses ; il ne faut pas faire attendre les dames.

La fête du Monstre

Le 17 octobre 1945, une immense manifestation populaire redonnait à Juan Domingo Perón un destin historique. En qualité de ministre de la Guerre et de secrétaire d'Etat au Travail et à la Protection sociale, il s'était assuré auparavant une mainmise totale sur les syndicats ouvriers, intimidant les uns, achetant les autres, mais tenant surtout un langage de nature à séduire les masses, ce qui ne l'avait pas empêché d'être obligé de démissionner de ses fonctions officielles à la demande du président, le général Farrell.

Ce jour-là — la Saint-Perón —, des centaines de milliers de manifestants, transportés jusqu'à la capitale et nourris aux frais des organisateurs, ces *descamisados* selon le terme injurieux employé par un journaliste et dont Evita fit le cri de ralliement de son parti, cette foule campa dans le centre de Buenos Aires et exigea l'apparition de Perón afin de communier avec lui dans un gigantesque « orgasme collectif ».

D'autres manifestations semblables jalonnèrent la dictature de Perón, leader révolutionnaire pour certains, fasciste et nazi pour d'autres parmi lesquels de nombreux intellectuels argentins tels Bioy Casares et Borges.

Un groupe nazi, l'Alliance, en profitait souvent pour se livrer à des attaques physiques contre les juifs et ne fut jamais inquiété par la police (N.d.T.).

Je te préviens, Nelly, ça a été une vraie journée civique. Moi, en qualité de pied-plat et avec une tendance à l'essoufflement vu mon cou épais et ma panse d'hippopotame, j'ai eu un sacré adversaire dans la fatigue, d'autant plus que la nuit d'avant j'avais décidé de me coucher avec les poules, histoire de ne pas jouer les minables pendant le déroulement des festivités. Mon plan était en gros comme ça : me rendre au comité à vingt heures trente ; à vingt et une m'écrouler comme une masse dans mon lit-cage, pour m'offrir, avec le colt faisant une bosse sous l'oreiller, le Super-Grand Sommeil du Siècle, et être debout au premier caquètement, lorsque ceux du camion viendraient me ramasser. Mais dis-moi, tu ne crois pas que la chance ressemble à une loterie qui s'acharne à favoriser les autres ? Sur le petit pont en planches, devant le poste de la police routière, j'ai failli apprendre à nager dans de l'eau pourrie en me précipitant à la rencontre de mon copain Dent de Lait, le genre de mec qu'on peut trouver n'importe où. J'ai tout de suite pigé dès que j'ai vu sa gueule de budgetivore : lui aussi il allait au comité, et après s'être payé un tour d'horizon complet de la journée, on a commencé à parler de la distribution de soufflants pour le grand défilé, et d'un youpin, pas tombé de la dernière pluie, qui les refilait comme de la vieille ferraille à Berazategui. Pendant qu'on faisait la queue, on essayait de se dire en verlan qu'une fois en possession de l'arme à feu on se tirerait à Berazategui, même si on devait se porter mutuellement sur le dos, et là, après nous être empâté le bas-ventre avec de la scarole, grâce à la vente des armes, nous demanderions, à la stupéfaction générale de l'employé de service, « deux billets de retour pour Tolosa ! ». Mais on aurait aussi bien pu parler en anglais, parce que Dent y entravait que dalle, et moi non plus, et les camarades de la file nous servaient d'interprètes, un peu plus ils me perforaient le tympan, et ils se passaient leur vieux Bic pour marquer l'adresse du youpin. Heureusement M. Marforio, qui est plus maigre que la fente de la machine à sous, est un de ces ancêtres que vous prenez pour un tas de pellicules alors qu'il sonde les ressorts les plus délicats de l'âme du *popolino,* pas étonnant donc qu'il ait brisé dans l'œuf nos magouilles, en repoussant la distribution au jour même de la manifestation, sous prétexte d'un retard du Département de la Police dans la livraison des armes. Au bout d'une heure et demie à peine d'attente, dans une queue comme on en voit même pas devant les postes d'essence, nous reçûmes des propres lèvres de M. Pizzurno l'ordre de dégager au trot, accompli au milieu des vivats enthousiastes que n'avaient pas réussi à interrompre complètement les coups de balai rageurs de cet estropié, jouant les concierges au comité.

La bande s'est reformée à une distance prudente. Loiacomo s'est mis à causer plus fort que la radio de la voisine. Le malheur avec ces grandes gueules, c'est qu'ils t'échauffent la tronche, et après le mec — vulgairement parlant, le soussigné — ne sait pas comment s'en tirer et ils te font taper le carton dans la boutique de Bernardez, et toi tu te ronges peut-être les sangs en t'imaginant que je suis allé faire la bringue, mais la triste vérité c'est qu'ils m'ont fauché jusqu'à mon dernier meticen, sans la consolation d'avoir remporté le moindre pli.

(Du calme, Nelly, l'aiguilleur en a eu assez de te bouffer du regard, et maintenant il s'en va, comme un richard, sur son chariot. Laisse ton Donald te faire un autre pinçon dans ton petit cou.)

Je me suis enfin enroulé dans mon plumard. Je sentais une telle fatigue dans mes petons que j'ai tout de suite saisi que j'étais bon pour un petit somme réparateur. J'avais oublié ce rival : le patriotisme le plus sain. Je ne pensais qu'au Monstre, le lendemain je le verrais sourire et parler en grand bosseur argentin qu'il est. Je te promets que je devins aussi excité qu'un baleineau. J'ai trouvé le sommeil tout juste à l'heure du passage de la fourrière, et c'était pas plus reposant que si j'avais pas dormi ; j'ai d'abord rêvé à un après-midi, quand j'étais gamin, ma défunte mère m'avait emmené à la campagne. C'est vrai, Nelly, c'était la première fois que je repensais à cet après-midi, mais en dormant j'ai compris que ça avait été le plus heureux de ma vie et pourtant je ne me souviens pas de grand-chose : des fleurs qui se reflètent dans l'eau et un chien très blanc et très doux dont je caressai le croupion ; heureusement que je suis sorti de ces histoires de merdeux pour aborder les sujets modernes, qui sont au tableau d'affichage : le Monstre m'avait nommé sa mascotte, et quelque temps après Grand Chien de Garde-Bonze. Je me suis réveillé et cinq minutes m'avaient suffi pour rêver toutes ces âneries. J'ai décidé de tailler dans le vif : je me suis frictionné avec la serpillière, j'ai rangé l'ensemble de mes durillons dans les croquenots, je me suis emberlificoté pire qu'un poulpe entre les manches et les jambes de ma combinaison en laine, j'ai revêtu la petite cravate avec des dessins animés que tu m'avais offert à la Saint-Glinglin et je suis parti en suant ma graisse parce qu'une caisse à savon avait dû transiter par la voie publique et même que je l'avais pris pour le camion. A chaque fausse alerte qui ressemblait ou non au camion, je me ruais comme un boulet de canon au pas de gymnastique, me tapant les soixante-dix mètres entre la troisième cour et la porte de la rue. J'entonnais notre marche de ralliement avec un enthousiasme juvénil, mais à midi moins dix j'étais devenu complètement aphone et même les huiles n'auraient pas pu m'arracher à la première cour. Le camion est arrivé en avance, à une heure vingt, et quand mes camarades de la croisade ont eu l'immense joie de me voir, moi qui n'avais rien avalé, même pas le pain du perroquet de madame la préposée, ils ont tous voté pour m'abandonner, sous le prétexte qu'ils voyageaient dans un camion à viande et pas dans une grue. Je me suis accroché en jouant les remorques, et ils m'ont dit que si je leur promettais de ne pas accoucher avant Ezpeleta, ils me transporteraient en ma qualité de ballot, mais finalement ils se sont laissé convaincre et m'ont plus ou moins hissé. Le camion de la jeunesse a été pris de frénésie, comme une hirondelle, et il a freiné net au coin de la rue, en face du comité. Un type avec une gueule d'Indien et des cheveux grisonnants est sorti, et ça faisait plaisir de voir comment il nous enguirlandait, et avant qu'on nous ait fourni, en toute amitié, le livre de réclamations, on était déjà dans un enclos, transpirant davantage que si on avait eu des nuques en frometon. Un soufflant par tête de pipe et par ordre alphabétique ; rends-toi compte, Nelly : chaque revolver avait droit à l'un de nous ; sans la moindre marge de prudence pour faire la queue devant les toilettes pour hommes, ou simplement vendre aux enchères une arme en bon état, l'Indien nous gardait dans le camion, on ne s'en échapperait plus faute d'un petit mot de recommandation pour le camionneur.

On est resté une heure et demie en plein soleil, à attendre le cri de « en avant, toutes ! » ; heureusement qu'on était en vue de notre chère Tolosa, car dès que le flic courait après les gamins, ils nous dégommaient à coups de fronde, comme si en chacun de nous ils appréciaient moins le patriote désintéressé que le petit oiseau pour la rigolade. Au bout de la première heure il régnait dans le camion cette nervosité qui est à la base de toute vie en société, mais ensuite la clique m'a mis de bonne humeur, en me demandant si je m'étais inscrit au concours de la reine Victoria [1] ; une allusion, tu t'en doutes, à ma panse modèle grosse caisse, dont ils disent toujours qu'elle devrait être transparente pour que j'aperçoive un tant soit peu mes soubassements quarante-quatre fillette. J'étais tellement aphone que j'avais l'air agrémenté d'une muselière, mais après avoir disparu de la circulation pendant une heure, j'ai récupéré en partie cette petite langue de sonnette d'alarme [2] * ; épaule contre épaule, avec les camarades de combat, je ne voulais pas priver de mon aide la masse chorale entonnant à pleins poumons la marche du Monstre, et je me suis même risqué à un demi-rugissement qui a plutôt pris des allures de hoquet, et sans mon pépin, que j'avais oublié à la maison, je me serais mis à flotter en canoë au milieu des

1. Plaisanterie courante en Argentine : la reine Victoria était censée avoir promis une récompense au premier individu mâle mettant un enfant au monde (N.d.T.).

2. Tout en mangeant des gâteaux en guise de remontant, Nelly m'indiqua que ce pauvre minable tirait ladite langue à ce moment-là. (Note donnée par le jeune Rabasco.)

* Moi, elle me l'avait dit avant. (Note supplémentaire de Nano Battafuoco, employé à la Direction de l'Hygiène.)

mollards, de quoi me confondre avec Vito Dumas, le navigateur solitaire. On a fini par démarrer, et sûr qu'on a senti la brise, on avait l'impression de se baigner dans la marmite ; qui avalait un sangouiche au chorizo, qui son friand au salami, un autre sa demi-bouteille de lait chocolaté, plus loin de l'escalope milanaise froide, mais tout ça a dû arriver une autre fois, en allant à Ensenada, mais vu que j'y étais pas je ferais mieux de me taire. Je pensais sans arrêt que toute cette jeunesse moderne et saine pensait comme moi, puisque même les plus abouliques écoutent les émissions à la radio, qu'on le veuille ou non. Nous étions tous argentins, tous dans la fleur de l'âge, tous du Sud, et nous nous précipitions vers nos frères jumeaux, qui à bord de camions identiques venaient de Fiorito et de Villa Domingo, de Ciudadela, de Villa Luro, de la Paternal, mais attention, le youpin pullule du côté de Villa Crespo, et moi j'affirme qu'il vaut mieux avoir élu son domicile officiel à Tolosa Norte.

Tu as loupé un de ces enthousiasmes militants, Nelly ! Dans chaque quartier de crève-la-faim une véritable avalanche essayait de se faufiler, embringuée par le plus pur idéalisme, mais le boss de notre charretée, Garfunkel, savait comment repousser cette racaille sans père ni mère, surtout si tu te mets dans le ciboulot que parmi tous ces salopards patentés il pourrait vite fait s'en embusquer un de la cinquième colonne capable de me convaincre, avant que vous ayez pu faire le tour du monde en quatre-vingts jours, que vous êtes un pouilleux et le Monstre un instrument aux mains de l'Union téléphonique. *Niente* sur un chiasseur chiottard qui profitait de ces purges pour se tirer dans le confusionnisme et retrouver son petit chez-soi en douceur ; mais force-toi un petit peu et admets que sur deux connards, il y en a un qui naît pieds nus et l'autre avec des chaussons, parce que chaque fois que je voulais me décrocher du bahut j'y avais droit : un coup de pied de M. Garfunkel me restituait au sein des valeureux. Lors des premières étapes les indigènes nous recevaient avec un enthousiasme franchement contagieux, mais M. Garfunkel, son nid à poux lui sert pas d'ornement, avait interdit au chauffeur de ralentir sa vitesse, au cas où un petit malin tenterait une fuite éclair. A Quilmes ça été un autre refrain, la bande de ringards a eu la permission de se dégourdir les cors au pied, si loin de son bled personne avait envie de s'écarter du groupe. Jusqu'à ce moment suprême, dirait Zoppi ou sa maman, tout avait marché comme sur des roulettes, mais la nervosité a grimpé rapidos dans la bande quand le tronpa, vulgairement parlant Garfunkel, nous a collé la chair de poule en nous obligeant à apposer sur chaque mur le nom du Monstre, avant de regagner le véhicule à la vitesse d'un laxatif, pour éviter qu'un empaffé s'amuse à nous baffer le pif. Quand l'heure de vérité a sonné, j'ai empoigné mon soufflant et je suis descendu prêt à tout, Nelly, *anche* à le vendre pour moins de trois ronds. Mais pas l'ombre du museau d'un client, et je me suis offert le plaisir de gribouiller quelques lettres sur la clôture à tout berzingue, car si j'investis une minute de plus le camion me laisse en plan et l'horizon se l'avale en route vers le civisme, l'agglomération, la fraternisation, la fête du Monstre. Tu parles que le camion allait se barrer pour l'agglomération ; quand je suis revenu transformé en fromage emmailloté, langue pendante, le camion faisait sa mauvaise tête et il était tellement immobile qu'il lui manquait juste un joli cadre artistique pour être une vraie photo. Grâce à Dieu on avait parmi nous Tabacman, le nasillard, plus connu en tant que Vis sans Fin, qui est un malade de la mécanique, et après avoir cherché le moteur une demi-heure durant, et s'être envoyé toute la limonade de mon deuxième estomac de chameau, c'est comme ça que je veux qu'on appelle ma gourde, il a décrété en toute franchise : « Moi j'en ai rien à foutre », parce que de toute évidence le Fargo était pour lui une marque indéchiffrable.

Je crois bien avoir lu dans un de ces kiosques puants qu' « à quelque chose malheur est bon », et voilà-ti-pas que Pépé Dieu nous fournit une bicyclette oubliée contre un jardin potager, parce qu'à mon avis le bicycliste devait être dans un processus de remise en état vu qu'il n'a pas pointé sa fosse nasale lorsque Garfunkel soi-même lui a chauffé la selle avec son propre fond de culotte. Il s'est arraché de là comme s'il avait senti tout un petit carré de scaroles, on aurait plutôt dit que Zoppi ou sa maman lui avait fourré un pétard Fu-Man-Chù dans le troufignon. On a été plus d'un à se relâcher la sous-ventrière pour rigoler en le voyant pédaler tellement mariolle, mais on l'a perdu de vue après l'avoir coursé sur quatre cents mètres, rapport au fait que le piéton, même s'il porte aux pattes la chaussure Pecus, a du mal à garder ses lauriers d'invaincu contre don Bicicleti. Avec l'enthousiasme d'une conscience en marche, en moins de temps qu'il ne t'en faut, mémère, pour vider le comptoir de tous ses gâteaux, l'homme s'est évanoui à l'horizon, et moi tout droit au pieu, à Tolosa...

Ton petit cochon va te faire une confidence, Nelly : chacun moulinait à sa manière titillé par la démangeaison du Grand Escampetti, mais, ainsi que je ne manquc jamais de le souligner, aux heures que le lutteur commence à se décourager et que s'amoncellent les plus noirs pronostics, soudain rapplique l'avant-centre phénomène qui marque le but ; pour la patrie, le Monstre ; pour notre équipe en franche décomposition, le camionneur. Ce patriote, que je lui tire mon chapeau, s'est propulsé d'une glissade et a stoppé net le plus excité des fuyards. Il lui a appliqué *subito presto* un de ces massages que le lendemain, à cause des bosses, tout le monde me prenait pour la jument tachetée du boulanger. Par terre je poussais de tels hourras ! que les voisins s'en incrustaient le pouce dans le tympan. Entre-temps le camionneur a mis en file indienne les patriotes, et si quelqu'un faisait mine de s'écarter, celui de derrière avait carte blanche pour lui botter le derche, ça me fait encore mal quand je m'assois. Tu te rends compte, Nelly, quel veinard le dernier de la file ! Personne ne lui shootait dans l'arrière-train ! C'était bien sûr le camionneur qui nous a convoyés, à la façon d'une concentration de pieds-plats, jusqu'à un coin que je n'hésite pas à préciser comme étant dans l'orbite de Don Bosco, bon disons de Wilde. Là, le hasard a voulu que le destin nous mette en présence d'un omnibus en route pour Hacienda de la Negra, c'est pas la porte à côté de Baigorri. Le camionneur, qui connaissait le conducteur sous toutes ses coutures, vu qu'ils avaient été tous les deux — aux temps héroïques du Zoo Populaire de Villa Dominico — les moitiés d'un même bus, supplia cette espèce de Catalan de nous transporter. Avant qu'il ait pu expédier son « en voiture, Simone ! » habituel, on avait déjà grossi le contingent des occupants du véhicule, rigolant à en montrer les végétations parce qu'une bande de ramollos, restés en queue, n'avait pas réussi à s'inscruster dans le tape-cul et se trouvait comme qui dirait en roue libre pour rentrer sans se faire trop de mauvais sang à Tolosa. Juré, Nelly, on était comme dans un omnibus, on suait exactement comme des sardines, et si tu te payes le coup d'œil, tu fais déborder les W.-C. pour dames de Berazategui. Les chouettes petites blagues qu'on s'est offert ! Je te dis *niente* de la perlouse que lâcha par en dessous Potasman, le Rital, et dès à présent j'applaudis comme un quadrumane Vis sans Fin, qui a bien mérité sa médaille de Vero Desopilante : sous la menace d'une pichenette dans les roustons, il m'a obligé à ouvrir la bouche et à fermer les yeux, profitant sans vergogne de cette plaisanterie pour me fourrer entre les ratiches les peluches et autres produits de ses fonds de culotte. Mais on se fatigue de tout, même des meilleures choses, et quand on a plus su quoi faire, un vétéran m'a passé le petit canif qu'on a tous empoigné comme un seul homme ; le cuir des sièges s'est bientôt mis à ressembler à une passoire. Pour tromper l'ennemi, on se moquait tous de moi ; ensuite, les petits malins n'ont pas hésité à jouer les puces et à s'incruster dans le bitume, histoire de s'évacuer de la roulotte avant que le conducteur s'aperçoive des dégradations. Simon Tabacman a été le premier à atterrir et s'est carrément écrasé le tarin en tombant sur le cul ; longtemps après, Fideo Zoppi ou sa maman ; en dernier, même si t'en crèves de rage, Rabasco ; à la suite, Spatola ; *dopo,* Speciale, le Basque. Dans l'intérim, Morpurgo a discrètement commencé à ramasser les journaux et les sacs en papier, avec l'idée fixe d'en réunir assez pour une belle flambée, qui ferait du Broackway la proie des flammes, comme ça en cas d'examen sévère les marques du canif seraient escamotées. Pirosanto, un nasillard sans père ni mère, le genre à avoir dans les poches moins de peluches que d'allumettes, s'était dispersé dans le premier virage pour ne pas être obligé de prêter ses alloufs, mais c'est vrai qu'il avait compromis sa fugue en prenant le temps de m'arracher une cigarette de la bouche. Moi, sans aucun esprit d'ostentation et pour me donner une contenance, je fronçais déjà la tirelire, j'entamais la première bouffée lorsque le Pirosanto, d'un seul coup, a capturé la cigarette, tandis que le Morpurgo, avec l'air de me faire des risettes, a récupéré l'allumette qui me dorait déjà les engelures et a mis le feu aux papelards. Sans même tirer son canotier, son bitos ou son galurin, Morpurgo a largué les amarres, mais moi, avec la panse et tutti quanti, je l'ai battu au sprint et je me suis barré un moment avant, et comme ça j'ai pu lui offrir un matelas qui a amorti l'impact et il m'a presque défoncé la trombine avec les quatre-vingt-dix kilos qu'il accuse. Nom de Dieu ! quand je me suis déchaussé de la bouche les croquenots de Manolo M. Morpurgo enfoncés jusqu'au genou, l'omnibus brûlait à l'horizon, on aurait dit la rôtissoire du Perioso, et le conducteur-propriétaire pleurait à chaudes larmes son capital qui partait en fumée noire. La bande, plus nombreuse que lui, rigolait, prête, je le jure sur la tête du Monstre, à prendre la fuite si le cornard se fâchait. Vis sans Fin est vraiment un bouffon de première, il a eu l'idée d'une de ces blagues que t'en resteras comme deux ronds de flan, tu vas te marrer comme une baleine. Atenti, Nelly. Lave-toi les oreilles, ça arrive. Un, deux, trois et BOUM. Il a dit — mais arrête de faire les yeux doux à ce merdeux — que l'omnibus lui faisait penser à la rôtissoire du Perioso. Hi ! hi ! hi !

Moi j'étais on ne peut plus décontracté, mais je portais ma croix par-dedans. Toi qui te graves dans la cervelle avec le ciseau à bois chacune des paroles me tombant des molaires, tu te souviens sans doute du camionneur, celui qui avait été moitié de bahut avec le type de l'omnibus. Si tu vois ce que je veux dire, les plus futés pariaient dans leur tête que ce casse-pieds allait s'envoyer une belle alliance avec le chialeur pour punir notre vilaine conduite. Mais n'aie pas peur pour ton petit lapin adoré ; le camionneur s'est payé une vision sereine ; il a deviné que l'autre, sans omnibus, n'était plus un oligarque assez important pour tout mettre en l'air. Il a souri en grand débonnaire qu'il est ; il a distribué quelques coups de genou amicaux pour maintenir la discipline (tiens, v'là la dent qu'il m'a fait sauter et je la lui ai achetée ensuite en guise de souvenir) et : « Formez les rangs ! au pas ! en avant, toutes ! »

Ce que c'est que l'adhésion ! La vaillante colonne traversait les mares boueuses, voire les montagnes d'ordures, qui marquent l'arrivée à la capitale, sans autre défection qu'un tiers, grosso modo, du groupe initial parti de Tolosa. Un invétéré s'était éclipsé en prenant à peine le temps d'allumer sa cigarette, bien sûr, Nelly, avec le vu et approuvé du camionneur. Quel tableau magnifique, digne d'être peint : en tête Spatola, portant l'étendard, avec le maillot de rigueur sur les autres vêtements de laine ; derrière, en rang par quatre, Vis sans Fin, etc.

Il devait être tout juste sept heures du soir quand on s'est enfin retrouvé avenue Mitre. Morpurgo rigolait de bon cœur en pensant qu'on était déjà à Avellaneda. Les richards rigolaient eux aussi, au risque de tomber des balcons, des véhicules ou de la cuvette des chiottes, ils rigolaient de nous voir à pied, sans le moindre engin à roues. Heureusement que Babuglia pense à tout : sur l'autre rive du Riachuelo des camions de nationalité canadienne étaient en train de rouiller, des camions que l'Institut, faisant toujours gaffe, avait achetés sous forme de puzzle dans le Service Démolitions de l'armée américaine. On en a escaladé un kaki, comme des singes, et en entonnant *Adieu, je m'en vais en larmes* on a attendu qu'un givré des Transports Autonomes accélère la remise en place du moteur, sous le contrôle de Vis sans Fin. Par chance, malgré sa figure à fourrer dans un caleçon, Rabasco était branché avec un gardien du Monopole, et après avoir payé les billets on a bourré un tram électrique, plus bruyant qu'un seul cornemuseux. Le tram — tacata, tacata — est parti directo vers le centre ; il avançait superbe, comme une jeune mère portant dans la panse, sotto le regard de son baby, les générations modernes qui demain réclameront leur place au grand festin de la vie... En son sein, une cheville sur le marchepied et l'autre sans domicile légal, ton clown adoré, moi. Un observateur aurait pu dire que le tram chantait ; il fendait l'air impulsé par le chant ; les chanteurs c'étaient nous. Un peu avant la rue Belgrano, la vitesse est brutalement tombée à zéro pendant environ vingt-quatre minutes ; je suais à grosses gouttes pour essayer de comprendre, et anche pourquoi une multitude de véhicules à moteur, comme autant de fourmis, empêchait notre moyen de locomotion de faire le moindre pas.

Le camionneur a grommelé la consigne : « Descendez, bande de cons ! » et on s'est exécuté au coin de Tacuari et de Belgrano. Après l'avoir allongé sur deux cents ou trois cents mètres, la question a été mise sur le tapis : le gosier était sec et exigeait du liquide. Le Grand Magasin et Débit de Boissons Puga Y Gallach offrait un commencement de solution. Mais c'était pas si simple : comment payer ? Au milieu de cette impasse, le camionneur nous est apparu à tous comme un vrai expéditif. Sous les yeux d'un dogue plein de patience, qui finit par tout voir à l'envers, il m'a envoyé de tels croche-pieds devant la clique hilare que je me suis enfoncé une grille sur la tête jusqu'au tarin en guise de chapeau, et de mon gilet se sont échappés les deux ronds que j'avais économisés pour ne pas jouer les minables en présence du chariot de frometon. Les deux ronds ont engrossé la bourse commune et le camionneur, mon affaire réglée, s'est occupé de Souza, le bras droit de Gouveia, celui des Emplâtres Pereyra — tu sais bien — qui autrefois avaient conquis le marché sous une appellation différente, le Tapioca Scientifique. Souza vit pour l'emplâtre, c'est lui qui encaisse, et pas étonnant donc qu'une fois retourné il ait mis en circulation tellement de biffetons, pouvant atteindre jusqu'à un demi-peso, que même le Loco Calcamonie en a jamais vu autant réunis, lui qui s'est fait pincer quand il appliquait de la peinture jaunasse sur son premier biffeton. En plus ceux de Souza étaient pas faux, et ils ont payé en espèces sonnantes et trébuchantes le montant net des coupes de grappa Chissotti, et on est ressortis comme si on avait éclusé une dame-jeanne. Bo, quand il attrape la guitare, il se prend pour Gardel [1]. Il se prend même pour

1. Le chanteur le plus connu d'alors.

Gotusso [1]. Il se prend même pour Garofalo [1]. Il se prend même pour Giganti-Tomassoni [1]. Une guitare, il y en avait pas à proprement parler à cet endroit, mais Bo a eu envie de chanter *Adios Pampa mía* et on a tous repris en chœur, et la colonne juvénile était plus qu'un seul cri. Malgré son jeune âge chacun gueulait de toutes ses forces, jusqu'à ce qu'on soit distrait par un youde dont la longue barbe imposait le respect. A lui, on lui a laissé la vie sauve, mais il y en avait un autre qui s'est pas éclipsé si facilement, de format réduit, plus maniable, plus pratique, d'un emploi plus aisé. C'était un misérable quat'zyeux, sans la musculature du sportif. Les cheveux étaient rouges, les livres sous le bras et scolaires. Il s'est pointé comme si de rien n'était et a quasiment renversé notre porte-drapeau, le Spatola. Bonfirraro, un gars qui fait attention aux détails, a dit qu'il allait pas tolérer qu'un impuni manque de respect à l'étendard et à la photo du Monstre. Sur ce il a asticoté le Nene Grosse-Tonne pour qu'il se mette en action. Grosse-Tonne, toujours le même, a lâché mes deux oreilles qu'il avait roulées comme un cornet de cacahouètes et, histoire de se gagner la sympathie de Bonfirraro, il a dit au youvance de montrer un p'tit-peu plus de considération pour l'opinion d'autrui, monsieur, et de saluer l'image du Monstre. L'autre a répondu une idiotie, qu'il avait ses propres opinions. Le Nene, les explications le fatiguent ; il l'a bousculé avec une pogne que si

1. Le chanteur le plus connu d'alors.

le boucher l'aperçoit, fini le manque de bidoche et de bifs épais. Il l'a entraîné vers un terrain vague, du genre à y installer par surprise un parking, et le mec s'est retrouvé contre les neuf étages d'un mur senza finestra ni fenêtres. Pendant ce temps ceux de derrière, que ça démangeait de voir, nous poussaient et au premier rang on était coincé comme un sangouiche au salami entre ces fous se battant pour un coup d'œil panoramique et le pauvre enjuivé acculé qui, allez savoir pourquoi, se fâchait. Grosse-Tonne, attentif au danger, a reculé et on s'est tous ouverts comme un éventail, laissant à découvert un terrain en demi-cercle mais sans issue, parce que toute la bande se tenait d'un mur à l'autre. On gueulait autant que le pavillon aux ours en grinçant des dents, mais le camionneur, à qui n'échapperait pas un cheveu dans la soupe, a pigé que certains allaient mijoter, *in mente,* leur plan d'évasion. A grands coups de sifflet il nous a mis sur la piste d'un tas apparent de gravats à la disposition de l'observateur. Tu dois te souvenir que cet après-midi-là le momètre marquait une température de soupe et tu vas pas me contredire qu'un pourcentage d'entre nous a tombé la veste. On a nommé garde-vestiaire le petit Saulino, qui comme ça a pas pu participer au lynchage. Le premier gnon a été réussi par Tabacman, par un pur coup de bol, et il lui a éparpillé les gencives et le sang jaillissait tout noir. Moi, le sang m'a échauffé et je lui ai balancé un autre voyage avec un pavé, que je lui ai écrasé une oreille et j'ai alors perdu le compte des impacts, vu que le bombardement était massif. Ç' a été désopilant : le youde s'est mis à genoux et il a regardé le ciel et il a prié comme absent dans son baragouin. Quand les cloches de Montserrat ont sonné il est tombé, parce qu'il était mort. Nous on a continué à se défouler un moment, avec des cailloux qui ne lui faisaient plus mal. Juré, Nelly, on a mis le cadavre dans un état lamentable. Ensuite Morpurgo, pour faire rigoler les copains, m'a dit de planter le canif dans ce qui lui servait de visage.

Après cet exercice donnant chaud j'ai endossé ma veste, biscotte éviter un refroidissement, qui peut te coûter au minimum trente centimes d'aspirine. J'ai attaché autour du colback l'écharpe que tu as raccommodée de tes doigts de fée et j'ai emballé mes oreilles sotto le galurin, mais on doit la grande surprise du jour à Pirosanto, avec sa proposition de mettre le feu au collectionneur de pierres, après adjudication préalable des lunettes et du vestiaire. La vente aux enchères n'a pas été un succès. Les viscosités des yeux avaient dégueulassé les lunettes et le costard était raide de sang. Les livres se sont également révélés être une marchandise invendable, par saturation de restes organiques. Heureusement que le camionneur a pu récupérer sa montre dix-sept rubis, système Roskopf, et Bonfirraro s'est occupé d'un portefeuille Fabrikant, contenant jusqu'à neuf pesos vingt et un instantané d'une dame professeur de piano, et le pigeon, Rabasco, a dû se contenter d'un étui à verres Bausch et du stylo à encre Plumex, pour ne rien dire de l'anneau de l'ancienne maison Poplavsky.

Tu sais, mémère, on a presto relégué dans l'oubli cet épisode des rues. Ondoyantes bannières de Boitano [1], sonneries de clairons qui raniment les énergies, partout la masse populaire, formidabeul. Sur la Place de Mai on a été harangués par la grande décharge électrique qui signe Dr Marcelo N. Frogman. Il nous mettait en forme pour ce qui a suivi : la parole du Monstre. Ces oreilles l'ont écouté, mémère, pareil comme tout le pays, parce que le discours est retransmis à la radio.

Pujato, 24 novembre 1947.

1. Grand magasin de tissus de Buenos Aires (N.d.T.).

Pénombre et pompes

La vie est bizarre. Moi qui ai toujours témoigné la plus grande indifférence aux sociétés de bienfaisance et autres associations de quartier, je changeai d'avis en occupant le fauteuil du trésorier de Pro Bono Publico, ce qui me valut de recevoir par la poste une pluie de généreuses contributions. Tout fonctionnait à merveille, jusqu'au jour où un oisif, et ils ne font jamais défaut, commença à éprouver quelques doutes ; le docteur González Baralt, mon avocat, m'expédia par le premier train à la périphérie, afin que je m'y fasse oublier. Pendant quatre jours et quatre nuits je m'accommodai tant bien que mal d'un wagon postal, de ceux qu'on trouve dans la localité de Talleres, comme jetés au rebut. Finalement le docteur González Baralt vint m'apporter personnellement la solution en se frottant les mains : un emploi rétribué à Ezpeleta, sous un nom d'emprunt. Le domicile de Ramon Bonavena, à qui j'avais rendu visite quand je travaillais à *Dernière*

Heure, avait été transformé en musée pour perpétuer le nom et la mémoire de ce romancier fauché en pleine maturité. Par une ironie du sort, j'en serais le conservateur.

Le docteur González Baralt me prêta sa fausse barbe ; j'y ajoutai les lunettes noires et l'uniforme d'appariteur exigé par ma charge et me préparai, non sans une appréhension justifiée, à recevoir les hordes d'étudiants et de touristes arrivant par autocar. Je ne vis pas apparaître âme qui vive. L'homme de musée en éprouva la déception de rigueur ; le fugitif, du soulagement. Vous n'allez pas me croire, mais coincé dans ce trou je m'ennuyais ferme, au point de lire les œuvres de Bonavena. Sûr que le facteur me dépouillait ; pas une seule lettre pendant tout ce temps-là, pas une brochure publicitaire. En revanche le mandataire du docteur me portait mon salaire à la fin du mois, sinon les étrennes, amputé des frais de nourriture et de représentation. Moi je ne montrais même pas le bout du nez à la fenêtre.

A peine informé qu'il y avait prescription, j'inscrivis quelques paroles bien senties dans les cabinets, comme celui qui s'en va à jamais ; je rangeai dans un sac ce que la hâte me laissa le temps de chaparder, je le chargeai sur l'épaule, fis de l'auto-stop au coin de la rue et réintégrai Buenos Aires.

Il était arrivé quelque chose d'étrange, que je ne parvenais pas à piger, quelque chose qui flottait dans l'atmosphère de la métropole, un vague je-ne-sais-quoi, un parfum qui me tendait des embûches et se dérobait : je trouvais les façades plus petites et les boîtes aux lettres avaient poussé.

Les tentations de la rue Corrientes — pizzerias et femmes — me happèrent au passage : n'étant pas homme à me défiler, je leur fis un accueil généreux. Résultat : au bout d'une semaine je me retrouvai sans un rond, comme on dit vulgairement. Cela va paraître incroyable, mais je me mis à chercher du travail ; le recours au vaste cercle de mes parents et amis s'avéra infructueux. Le docteur Montenegro se contenta d'un soutien moral. Le professeur Fainberg, il fallait s'y attendre, ne voulait pas quitter matériellement sa table ronde prônant la polygamie ecclésiastique. Mon vieux camarade de toujours, Lucio Scevola, ne me donna même pas l'heure. Le cuistot noir du Popolare repoussa sèchement mes velléités d'y rentrer comme marmiton, me demandant d'un ton goguenard et blessant pourquoi je n'apprenais pas à cuisiner par correspondance. Cette dernière phrase, jetée avec dédain, scella mon triste destin. Me restait-il une autre ressource, répondez-moi, que l'éternel retour aux escroqueries et aux entourloupes grossières ? A vrai dire, ce fut plus facile de prendre cette résolution que de la mettre en pratique. Première précaution, le nom. J'eus beau tourner et retourner la question dans ma tête, je fus tout à fait incapable d'en inventer un autre que le déjà tristement célèbre Pro Bono Publico. Son écho bourdonnait encore à mes oreilles ! Pour m'encourager, je me souvins qu'un axiome du commerce recommande de ne pas changer la marque.

Après avoir vendu à la Bibliothèque Nationale et à celle du Congrès sept jeux complets de l'œuvre de Bonavena, plus deux bustes en plâtre du susdit, je dus me séparer du pardessus croisé que m'avait prêté le garde-voie de Talleres et du parapluie oublié que l'on soustrait toujours dans le vestiaire, afin de payer en bonne et due forme le montant des enveloppes imprimées et du papier à lettres. La question des destinataires fut réglée au moyen d'une sélection faite à l'aide du doigt, dans un annuaire fourni par un voisin et que je ne pus placer sur le marché en vertu de son état franchement miteux. Je gardai le surplus pour les timbres.

Je me rendis ensuite à la Poste Centrale, où je fis mon entrée tel un rupin, croulant sous une montagne de courrier. Ou bien j'étais trompé par ma mémoire, ou bien cette enceinte avait connu un remarquable développement : la majestuosité des rampes d'accès déteignait sur l'individu le plus misérable, les portes pivotantes lui collaient la nausée et le jetaient presque par terre, pour ramasser ses paquets ; le faux plafond, œuvre de Le Parc, donnait le vertige et même peur de tomber en l'air ; le local était un miroir en marmolite qui me renvoyait votre image criante de vérité, la vôtre oui, avec toutes vos verrues ; la statue de Mercure se perdait dans la coupole et accentuait l'aura mystique de la distribution ; les guichets évoquaient autant de confessionnaux ; au-delà du comptoir, les employés se racontaient des histoires de laiderons et de vieilles filles ou jouaient aux petits chevaux. Pas âme qui vive dans le secteur réservé au public. Des centaines d'yeux et de lunettes convergèrent sur ma personne. J'eus l'impression d'être une bête curieuse. Voulant m'approcher, j'avalai ma salive et demandai au premier guichet les timbres appropriés. Je formulai à peine ma requête que le fonctionnaire me tournait déjà le dos, pour consulter ses pairs. A la suite des pourparlers ils ouvrirent à deux ou trois une trappe qui se trouvait là et m'expliquèrent qu'ils allaient se traîner jusqu'à la réserve, au sous-sol. Ils revinrent au bout d'un moment par la petite échelle. Ils n'acceptèrent pas d'argent en paiement, me prodiguant une telle quantité de vignettes que j'aurais mieux fait de me consacrer à la philatélie. Vous n'allez pas me croire, ils ne les comptèrent pas. Je n'aurais pas vendu les bustes en plâtre et le pardessus si je m'étais attendu à celle-là. Le regard cherchait les boîtes aux lettres et ne les trouvait pas ; de peur que l'autorité ne changeât d'avis, j'optai pour une retraite immédiate, j'affranchirais les lettres chez moi.

Je pris mon mal en patience dans la petite pièce du fond, appliquant avec de la salive les timbres entièrement dépourvus de colle. L'avant-dernier coq avait déjà chanté lorsque je m'aventurai au coin de Rio Bamba, avec un paquet de lettres prêtes à être expédiées. Souvenez-vous, il s'y dresse une de ces boîtes aux lettres poids lourds à la mode d'aujourd'hui et que certains paroissiens avaient ornées aussitôt de fleurs et d'ex-voto. J'en fis le tour, cherchant l'ouverture, mais j'eus beau tourner, rien, pas le moindre orifice pour y glisser le courrier. Aucune solution de continuité, aucune fente dans un si formidable cylindre ! Je sentis le regard d'un policier et repris la direction de mon foyer.

Je consacrai l'après-midi à parcourir le quartier, sans colis apparent, bien sûr, pour ne pas éveiller la suspicion des forces de l'ordre. A ma grande surprise, et bien que cela paraisse invraisemblable, pas une seule des boîtes inspectées n'offrait une bouche ou une rainure. Je fis appel à un facteur en uniforme, qui aime à se pavaner du côté d'Ayacucho et se désintéresse complètement des boîtes aux lettres, comme s'il n'avait plus rien à y voir. Je lui payai un petit café, le gavai de sandwiches, le saturai de bière, et lorsque je le vis abaisser ses défenses, je me risquai à lui demander pourquoi les boîtes, dont j'étais le premier à souligner la magnificence, ne présentaient pas d'orifice. Grave, mais non affligé, il me répondit :

— Monsieur, le contenu de votre enquête dépasse mes compétences. Les boîtes n'ont pas d'orifice parce qu'on n'y met plus de courrier.

— Et vous, qu'est-ce que vous faites ?

Il reprit, en engloutissant un autre litre :

— Vous semblez oublier, monsieur, que vous parlez avec un facteur. Que puis-je savoir moi-même de ces choses ! Je me limite à accomplir mon devoir.

Je ne pus en tirer la moindre donnée supplémentaire. D'autres informateurs, d'origines les plus diverses — le monsieur qui s'occupe des buffles dans le jardin zoologique, un voyageur tout juste arrivé de Remedios, le cuistot noir du Popolare, etc.—, en vinrent à me dire, chacun séparément, qu'ils n'avaient de toute leur vie jamais vu une boîte avec un orifice, et de ne pas me mettre martel en tête pour ce genre de fable. La boîte aux lettres argentine, répétèrent-ils, est une érection ferme, massive, monolithique et sans cavité. Je dus me rendre à l'évidence. Je compris que les nouvelles générations — le monsieur des buffles, le facteur — m'avaient perçu comme une antiquité, un de ceux qui rabâchent les bizarreries d'un temps révolu, et je me résolus au silence. Quand la bouche se tait, le cerveau est en ébullition. La poste ne fonctionnant pas, un service de messageries privé, agile, sans préjugés, apte à canaliser la correspondance, serait bien accueilli par l'opinion et rapporterait des revenus abondants. Autre élément positif à mes yeux : mises en action, les messageries aideraient elles-mêmes à propager les mensonges du récidiviste Pro Bono Publico.

Je me rendis tambour battant dans le bureau des marques et brevets, afin d'enregistrer le cher produit de mes pensées ; à bien des égards, il y régnait une atmosphère semblable à celle de la Poste : le même silence sacerdotal, la même absence de public, la même foule d'officiants pour le servir, les mêmes attentes et la même aboulie.

On me tendit de guerre lasse un formulaire où j'inscrivis mon projet. Que n'avais-je fait ! Ce fut la première étape de ma *via crucis*.

J'observai un mouvement général de répulsion à la remise de mon formulaire. Certains me tournèrent ostensiblement le dos. Le visage d'un autre se déforma à vue d'œil. Deux ou trois proférèrent avec franchise injures et railleries. Le plus indulgent m'indiqua, d'un bras d'honneur, la porte pivotante. Personne ne me délivra de reçu et je compris qu'il valait mieux pour moi n'en point réclamer.

Ayant réintégré la relative sécurité de mon domicile, je décidai de patienter jusqu'à ce que l'ambiance devînt plus sereine. Au bout de quelques jours, j'obtins, en prêt, le téléphone du monsieur qui transmet les pronostics de football et entrai en communication avec mon confesseur juridique, le docteur Baralt. Celui-ci me dit, en modifiant un peu sa voix, histoire de ne pas se compromettre :

— Vous reconnaîtrez que j'ai toujours été de votre côté, mais ce coup-ci, vous avez dépassé les bornes, Domecq. Moi je défends mes clients, mais le bon renom de mon étude passe avant presque tout. Incroyable mais vrai : il y a des saloperies que je ne répare pas. La police est à votre recherche, mon malheureux ex-ami. N'insistez pas et cessez de m'importuner.

Là-dessus il coupa la communication avec tant d'énergie qu'il fit sauter le bouchon de cire de mon oreille.

La prudence m'enferma à double tour dans ma chambre, mais au bout de quelques jours le plus imbécile découvre que la peur s'enracine quand les distractions s'amenuisent ; jouant le tout pour le tout, je me lançai dans la rue à mes risques et périls. J'errai à l'aventure. Soudain, je me retrouvai le cœur battant à tout rompre devant le Quartier Général de la Police. Mes jambes ne me portaient plus ; je me réfugiai dans le premier salon de coiffure venu où, sans m'en rendre compte, je demandai à me faire raser la barbe, qui était postiche. Le coiffeur en chef n'était autre que don Isidro Parodi, revêtu d'un cache-poussière blanc et le visage en bon état de conservation, encore qu'un tant soit peu décrépit. Je ne cachai pas ma surprise ; je lui dis :

— Don Isidro ! don Isidro ! Un homme tel que vous n'est parfaitement à son aise qu'en prison, ou à une distance considérable de celle-ci. Quelle drôle d'idée de s'installer exactement en face du Quartier Général ! Si vous ne faites pas attention... on vous cherche.

Parodi me répondit avec indifférence :

— Dans quel monde vivez-vous, don Pro Bono ? J'étais dans la cellule n° 273 du Pénitencier National et j'observai un beau jour que les portes étaient restées entrebâillées. La cour était remplie de prisonniers relâchés, leur petite valise à la main. Les geôliers ne faisaient plus l'appel. Je retournai prendre le maté et la bouilloire et m'approchai prudemment du portail d'entrée. Je gagnai la rue Las Heras et me voici.

— Et si l'on vient vous arrêter ? demandai-je d'une voix blanche, car je pensais à ma propre sécurité.

— Qui donc va venir ? C'est purement et simplement de la poudre aux yeux. Personne ne fait rien, mais il faut reconnaître que l'on sauve les apparences. Vous avez remarqué les salles de cinématographe ? Les gens continuent à y aller mais on n'y projette plus d'images. Vous avez remarqué qu'il ne se passe pas une journée sans qu'une administration abandonne le travail ? Les billetteries ne délivrent pas de billets. Les boîtes aux lettres n'ont pas d'ouverture. La Vierge Marie ne fait pas de miracles. Aujourd'hui, on ne voit guère fonctionner qu'un seul service : les gondoles dans les cloaques.

— Ne vous laissez pas abattre, le suppliai-je. La grand-roue du Parc Japonais tourne encore.

Pujato, 12 novembre 1969.

Les formes de la gloire

Riche financier israélite bavarois, le baron Hirsch organisa dès 1911 l'installation dans la Pampa des Juifs russes persécutés ou expulsés de leur pays.

Ces pionniers, pour qui le Rio de la Plata prit bientôt des allures de Jourdain, et l'Argentine celles d'une nouvelle Palestine, fondèrent dans l'immensité du paysage des sortes de kibboutz, des colonies agricoles collectivistes où ils travaillaient avec acharnement le sol aride de cette terre promise.

Ils devinrent ainsi, d'une génération à l'autre mais tout en sauvegardant leur identité propre, de brillants éleveurs, des cavaliers audacieux revêtus du poncho traditionnel, des figures de légende, des « gauchos juifs » en somme, tels que les exaltera Alberto Gerchunoff dans un roman portant ce titre (*Los Gauchos judíos*).

L'un de ses premiers lecteurs fut don Martiniano Leguizamón, l'écrivain, pas le célèbre jockey ; la lettre qu'il adressa à l'auteur pour lui dire son enthousiasme servit de prologue aux premières éditions du livre (N.d.T.).

La Plata, 29 mai 1970

Monsieur Jorge Linares
University of New York
New York, N.Y.
U.S.A.

Cher Linares,

Bien que notre longue amitié de Créoles exilés dans le Bronx m'ait démontré jusqu'à plus soif que tu ne fais vraiment pas partie des cancaniers, pour tout ce qui concerne cette lettre, de caractère *purement* confidentiel, je te prie instamment de te transformer en tombe. Pas un mot au docteur Pantoja, ni à l'Irlandaise que nous savons, ni à la bande du campus, ni à Schlesinger, ni à Wilckinson ! Cela fait déjà une bonne quinzaine de jours que nous nous sommes quittés à Kennedy, mais je parie que tu t'en souviens grosso modo : le docteur Pantoja m'avait donné un petit coup de pouce auprès de la fondation Mackensen, pour que j'aille rencontrer Clodomiro Ruiz qui s'est installé maintenant à La Plata. Nous escomptions l'un et l'autre, Pantoja et moi-même, que mon pèlerinage aux sources revêtirait une importance inestimable quant à l'achèvement de ma thèse ; mais je vois à présent que ce n'est pas si simple. J'insiste : pas un mot au muet Zulueta.

Au bout d'une semaine je n'y tins plus, je filai à Gualeguaychù, la chère ville natale de Ruiz, d'où le poète signe scrupuleusement la totalité de sa bibliographie. Je débutai mon enquête en faisant honneur à un stimulant café au lait, main dans la main avec le patron de l'hôtel, homme démocrate et simple qui, sans déchoir, daigna converser avec ton serviteur. M. Gambartes m'indiqua que les Ruiz habitaient depuis longtemps dans la région, depuis l'expédition dirigée par Yrigoyen, et que la personnalité marquante de la famille n'était pas Clodomiro mais Francisco, surnommé le Ravaudeur en raison de son accoutrement. Ensuite, il eut la courtoisie de m'accompagner au coin de la rue, jusqu'à la bâtisse des Ruiz, une de ces masures qui, de dégradation en dégradation, s'écroulent sans avoir besoin d'une intervention humaine. La porte d'entrée, puisqu'il faut bien l'appeler ainsi, était condamnée : M. Gambartes m'expliqua qu'il y avait belle lurette que les Ruiz avaient pris la « route de Buenos Aires », Clodomiro étant le premier à partir. Je ne laissai pas passer l'occasion de me faire photographier par un gamin, à qui je confiai mon appareil pour qu'il nous fixât sur la pellicule, l'hôtelier et moi-même, exactement devant la bâtisse. Je pense que cette photo authentique constituera un atout supplémentaire, et non des moindres, pour mon livre, lorsque l'Université le fera publier. Ci-joint un agrandissement orné de la signature des deux modèles. J'aurais souhaité y figurer en tenant un maté mais mon budget ne prévoyait pas cet investissement.

La vie du touriste est bien telle que la dépeint Julio Camba dans *La Grenouille voyageuse* : une valse d'hôtels. Dès mon retour à Buenos Aires je me retrouvai dans un établissement de la Plaza Constitución, juste le temps nécessaire pour préparer le voyage suivant à La Plata, que j'effectuai en minibus.

Monsieur le transporteur collectif, à deux doigts de heurter un collègue venant en sens contraire, me révéla l'adresse de Clodomiro Ruiz, un de ses voisins justement et il tint à la rédiger de sa propre main. A peine arrivé dans la ville d'Estudiantes de La Plata, je me mis en campagne. J'atteignis le 74 de Diagonal. Ce doigt, qui ne cède pas si aisément au découragement, appuya sur la sonnette. Après une longue attente la cuisinière m'ouvrit personnellement. M. Clodomiro était chez lui ! Il ne me restait plus qu'à traverser le vestibule et la cour pour me trouver face à face avec l'estimable poète. Un front, des besicles, un nez, la bouche typique en forme d'orifice de boîte aux lettres ; derrière, la bibliothèque de l'érudit, avec *Le Jardinier illustré* et la collection Araluce. Au premier plan la silhouette tendant à la sphère et revêtue d'une veste de lustrine. L'interviewé ne quitta pas son siège moelleux, étalé comme une bouse, et me désigna le petit banc en sapin. Je lui montrai la lettre de la Fondation, mon passeport, les instructions de Pantoja et — *not least* — le bout de papier griffonné par le monsieur du minibus. Il les étudia avec le plus grand soin et me dit que je pouvais rester.

Au terme d'un bavardage à bâtons rompus destiné à réchauffer le moteur, je lui exposai le véritable mobile de ma visite qui ne lui déplut pas. Je m'efforçai de lui préciser sans ambages mon intention d'écrire une monographie sur lui afin de le faire connaître d'un bout à l'autre de l'Amérique du Nord, du moins dans le milieu universitaire. Je dégainai mon Bic et mon carnet à couverture plastifiée. Le questionnaire préparé avec Pantoja à Harvard fut l'affaire d'une minute. Je lançai l'interrogatoire sans plus attendre :

— Où et quand êtes-vous né ?

— Le 8 février 1919, à Gualeguaychù, province de Entre Rios.

— Vos parents ?

— Un agent de police de la 17e Avenue, promu homme politique, et une dame originaire de Resistencia, qui descendit par le Paraná.

— Votre premier souvenir ?

— Une marine, dans un cadre en velours, avec des incrustations de nacre en guise d'écume.

— Votre premier maître ?

— Un voleur de poules, qui m'initia aux mystères de son art.

— Votre premier livre ?

— *« Recado » pour don Martiniano Leguizamón.* Un succès d'estime par ici et qui dépassa même le boulevard General Paz. Outre les ponctions fiscales d'usage, il me reste les lauriers du prix Initiation pour la classe 19, que j'eus le grand plaisir de partager avec mon camarade Carlos J. Lobatto, prématurément dérobé à la gloire quand il périt un lustre après la publication d'*Œuf de pluvier.*

— Comment avez-vous vécu votre récompense, Maître ?

— Avec le sain enthousiasme du novice tentant son premier coup. La presse se montra déférente, encore qu'elle ne sût pas toujours faire la différence entre mon essai leguizamonien, un portrait critique, et les chansonnettes ou niaiseries du défunt.

— Quelle autre réflexion vous suggère-t-il, votre premier fruit ?

— A vous entendre me poser maintenant cette question, je mesure les nombreux détours que présente cette affaire, à tel point que vous en attraperez le mal de mer si vous ne vous accrochez pas bien. C'est ici qu'a vraiment débuté l'imbroglio. Je n'en avais jamais parlé avec quiconque, mais avec vous c'est différent, vous venez d'une région si lointaine qu'elle m'est inexistante, c'est comme ça. Je vous ouvre mon cœur à deux battants, pour que vous puissiez y caver à votre gré.

— Vous allez me donner une exclusivité ? lui demandai-je.

— Vous serez le premier et le dernier à entendre ce que je vais dire. L'homme désire parfois s'épancher. Mieux vaut le faire avec un oiseau de passage, avec un quidam qui s'estompera comme la fumée de l'ultime bouffée de cigarette. En fin de compte un citoyen décent, quand bien même vivrait-il de l'escroquerie et du péculat, souhaite voir triompher la vérité.

— Vous parlez d'or, mais je me risquerai à vous réconforter : nous sommes déjà nombreux à avoir creusé au tréfonds de votre production et à aimer, en tout bien tout honneur, si vous me comprenez, l'homme révélé par ce ramas.

— Bien parlé. Mais j'ai le devoir de vous prévenir, vous avez fourré le doigt jusqu'à l'aisselle dans le ventilateur. Non ? Prenez donc l'exemple de ce livre. Pour avoir partagé le prix avec autrui, je me suis retrouvé à jamais assemblé avec le défunt Lobatto et ses dizains de tessiture folklorique. Moi j'avais employé le mot *recado* dans le sens de message ou missive, qui connut son heure de gloire autrefois, mais les professeurs et les critiques, en chœur, y découvrirent la selle typique de notre gaucho. Je subodore qu'ils se fourvoyèrent sous l'effet des chants indigénistes de Lobatto. Aiguillonné par cet accueil de bon augure, j'écrivis à toute vapeur mon deuxième apport : *Nostalgies sémiques.*

Je me risquai à l'interrompre, gonflé de fierté.

— Il arrive quelquefois que le disciple connaisse

l'œuvre du maître davantage que le maître. Vous vous êtes salement embrouillé dans le titre. A vrai dire, la mémoire s'use au fil des ans. Fermez les yeux et souvenez-vous. Votre livre, votre propre livre, s'intitule *Nostalgies sémites.*

— C'est ce que dit la couverture. La vérité, la vérité que j'ai enfouie jusqu'à présent en mon for intérieur, c'est qu'ils s'étaient salement embrouillés à l'imprimerie. Au lieu de *Nostalgies sémiques,* ce que moi j'avais mis dans le manuscrit, ils inscrivirent *Nostalgies sémites* sur la couverture et la page de titre, erreur qui m'échappa dans la frénésie de l'instant. Résultat : la critique m'enrôla dans les chantres des colonies israélites du baron Hirsch. Et moi qui ne peux pas voir les youpins !

Je demandai plaintivement :

— Mais comment ? Monsieur n'est pas un gaucho juif ?

— C'est comme parler au mur. N'ai-je pas éclairci l'affaire ? J'ajouterai ceci : mon livre était conçu pour assener un coup de massue à ces bouseux et margoulins qui humilièrent le gaucho de pure souche sans lui octroyer le moindre répit. Mais c'est au-dessus de mes forces ; nul ne peut nager à contre-courant. En homme bien né j'assumai le verdict du destin qui, je ne vais pas le nier, me procura maintes satisfactions légitimes. Je m'acquittai aussitôt de ma dette. Si vous comparez à la loupe les première et deuxième éditions, vous ne tarderez pas à remarquer dans cette dernière quelques vers glorifiant ces mêmes laboureurs et commerçants qui devaient mécaniser l'agriculture nationale. Tout cela faisait croître ma renommée, mais j'entendis retentir la sonnerie stridente de l'appel tellurique et je répondis présent. Les Editions Molly Glus publièrent quelques mois après mon opuscule conciliateur *Clefs du néo-jordanisme,* fruit de mes recherches et d'une zélée ardeur révisionniste. Sans faire fi du respect dû à la personnalité d'Urquiza, je plongeai dans les eaux du jordanisme, où avait déjà baigné José Hernández, qui se ferait appeler par ses proches le Gaucho Martin Fierro.

— Je me souviens parfaitement des textes que donna le docteur Pantoja en célébrant sans vergogne votre étude sur le Jourdain qu'il n'hésita pas à mettre au niveau de l'*Autobiographie du Nil,* du non moins hébreu Emil Ludwig.

— Et c'est reparti pour un tour ! Apparemment ce docteur Pantoja vous a chaussé ses œillères et vous, vous ne vous en débarrassez même pas au deuxième coup. Ma brochure se référait au crime du palais San José et vous venez avec vos histoires de fleuves étrangers. Comme disait le poète : quand le sort balance d'un côté, il n'y a plus rien à faire. Il arrive qu'entraînés par le vertige nous fassions nous-mêmes le jeu de notre mauvaise étoile. J'y contribuai moi aussi à mon corps défendant. Le prurit d'apparaître comme un critique de haute volée me fit donner le jour à un point de vue nuancé et personnel sur *La Bambina et la Mule* de Luis María Jordán. On tint cet ouvrage pour une confirmation du livre précédent sur le Jourdain.

— Je vous saisis, monsieur ! m'écriai-je en me frappant la poitrine. Comptez sur moi. Je me consacrerai entièrement au travail de fourmi exigé par la recherche de la vérité. Nous remettrons les choses à leur place !

Je notai son air de franche lassitude. Ses paroles suivantes me surprirent à peine.

— Doucement, doucement, et ne passez pas les bornes. Faute de quoi je vous infligerai une amende pour excès de vitesse. Je vous ai parlé comme je vous ai parlé, certain que vous mettrez les points sur les *i* à l'heure dite, mais pas une minute avant. Vous vous avancez prématurément, vous claironnez que je ne suis pas tel qu'on m'imagine, et me voilà expédié dans la stratosphère. Il s'agit d'une affaire délicate. Une seule consigne : marcher sur des œufs. L'image imposée par la critique — votre docteur Pantoja, par exemple — est toujours plus tangible que l'auteur, qui est à peine un *primum mobile.* Si vous abattez l'image, vous m'abattez. Je suis un homme à la mer. On me voit à présent comme l'aède des colonies d'immigrants. On me voit ainsi ou bien on ne me voit pas. Privez l'homme moderne du mythe et vous lui ôtez le pain qu'il mâche, l'air qu'il respire et l'herbe à maté « Napoléon » que je vous recommande ! Par conséquent et jusqu'à nouvel ordre, je suis le chantre youpinophile supposé par le corps professoral. J'ai votre parole et retirez-vous. Moins je vous vois et mieux je me porte.

Je sortis comme expédié à coups de pied. A l'instar de celui qui perd la foi, je cherchai refuge dans la science. Je parvins à m'infiltrer dans le musée en exhibant ma carte d'universitaire. Certains moments sont difficiles à faire partager. Debout devant le Glyptodon d'Ameghino, je fis mon examen de conscience, non en vain. Je compris que Ruiz et Pantoja, qui ne se confondraient peut-être jamais en une étreinte fraternelle, étaient les deux bouches d'une seule vérité. La fameuse chaîne de malentendus avait abouti, en réalité, à la grande confirmation. L'image projetée par l'auteur vaut davantage que son œuvre, qui est un vil détritus, comme toutes les choses humaines. Que le *Recado* soit une étude critique, et que le néo-jordanisme ait sa source dans *La Bambina* de López Jordán, qui s'en souciera demain !

Un salut chaleureux aux potes. Quant à toi, je te rappelle à nouveau que Cayetano est un excellent ami. Mes hommages à Pantoja à qui j'écrirai en long et en large dès que j'en aurai le courage.

A bientôt,

Tulio Savastano.

En avril 1971 parut, sous le *nihil obstat* de Harvard, la thèse de doctorat, solidement étayée, de Tulio Savastano (fils) : *Ruiz, le chantre des colonies d'immigrants*. (N.d.E.)

En établissant des responsabilités

Cédant aux instances réitérées de l'auteur, qui s'appelle Mejuto, je fais une petite place dans mon bulletin à cette curieuse étude intitulée *Vie et Œuvres du Meunier,* qui nous est arrivée par courrier aérien et maritime.

H.B.D.

VIE ET ŒUVRES DU MEUNIER

Non sans quelque raison, certains impulsifs, entraînés par le plus louable des zèles, ont voulu réduire à néant le récent opuscule du docteur Puga y Calasanz : *Investigation au sujet des compositions généralement attribuées à Maître Pedro Zúñiga, surnommé également le Meunier*. Le scandale a certes été grand dans la presse de Saragosse, et plus encore au *Pregón de Pretilla.* C'était à vrai dire amplement justifié. Vigoureux érudit et esprit impartial, l'opiniâtre Puga vient de démontrer qu'une partie importante de ce cher volume que la maison Rivadeneyra avait consacré — dans le plus pur style espagnol ! — à notre Meunier appartient en réalité à des plumes mineures, voire cavalières. Rien à faire. Force nous est de dénier au Meunier les Romances d'une robuste saveur populaire *Petits fromages et fromages blancs, Marinade de lapin* et *Quelle grande dame que la bigarade* qui firent les délices de don Marcelino Menéndez y Pelayo et de tant d'autres critiques sagaces. Il ne faut pas se hâter cependant d'amener les couleurs : sous la douloureuse diminution transparaît un phénomène positif qui nous redonne force et courage sans égals : NOUS SOMMES EN PRÉSENCE DU MEUNIER. Balayés les verbiages inutiles, sous nos yeux se dresse l'Homme. Il est exact que la discussion n'est pas close. Aucun inconoclaste, pas même Calasanz, n'osera nier que le Meunier, interrogé sur sa supposée maternité de *Petits fromages et fromages blancs,* répondit en des termes obstinés, immortalisés par le bronze : « Ne sont-ce pas des vers par hasard ? N'est-ce pas le poète qui fait des vers ? Ne suis-je pas le poète ? »

Examinons l'affaire avec sérénité et mesure. Ce dialogue, ainsi que l'atteste le Père Buitrago, eut lieu le 30 avril 1799 ; *Petits fromages et fromages blancs* figurait déjà dans le *Chansonnier aragonais* du 2 janvier 1721, autant dire quelque trente années avant la naissance de Zúñiga. Inutile de prolonger le débat. Il convient pourtant de ne pas oublier que Garrido a décelé dans cet épisode un trait platonicien : le Meunier, généreux et ouvert, a vu dans les poètes le Poète et a annexé de façon désintéressée le Romance en question. Noble leçon pour notre égoïsme exorbitant. Avant de nous attaquer à l'examen scrupuleux exigé par la gravité du cas, que notre première diane s'adresse à l'homme insigne qui sut discerner et publier l'œuvre considérable, alors éparse, de Maître Pedro Zúñiga, le Meunier. Nous voulons parler bien sûr du comte de Labata. Nous voici donc en 1805. Le comte règne sur les terres à blé entourant les rocailles de Garra ; Zúñiga, d'humble condition, ne se fait pas faute d'utiliser l'eau pour actionner son moulin. Dans le silence agreste, il compose. Il se produit alors un mystère que nous n'éluciderons jamais. Peut-être le brame d'un luth, ou bien le chant de sirène d'un chalumeau, probablement le vers nonchalamment répété et que l'écho claironne. La grosse tour séculaire n'a pas été un obstacle. Labata, sous le charme, cède à la tentation. La voix plébéienne l'émeut au plus profond de ses entrailles. Depuis cette heure, dont l'avarice du calendrier nous dérobe la date précise, l'homme insigne n'aura qu'un seul horizon, divulguer les chants issus de la poitrine du manant. La gloire tresse ses couronnes. Le caractère d'imprimerie pullule : *La Feuille d'Alberuela* offre au novice sa plus cordiale hospitalité ; *Le Phare de Ballobar* ne le refuse pas toujours. Le sommet du Parnasse court manifestement au-devant de lui. Le comte, rempli de fierté, conduit son protégé à la cour. Honneurs et réceptions. Jovellanos lui donne un baiser sur le front.

Ces réjouissances si méritées ne modifieront pas la démarche tranquille que nous nous sommes fixée en l'occurrence. Pour singulier que cela puisse paraître, personne n'avait remarqué avant aujourd'hui le trait le plus marquant du Meunier, sa maîtrise innée de la langue, le superbe dédain de toutes les lois rhétoriques, y compris celles qu'il a lui-même promulguées. Ainsi, dans un hommage adressé à M. Larranaga, élevé au rang de membre suppléant de l'Académie :

A lui qu'aura changé un mot
donneras de la bâtonne.

Dans le premier de ces vers déjà classiques, le lecteur empressé notera une synalèphe, forme répudiée par l'oreille avertie de Zúñiga. Dans le second, le terme *bâtonne* peut retarder la progression. Deux conjectures s'offrent au lettré : l'une, que le mot *bâtonne,* d'usage maintenant rare, constitue une précieuse relique du parler de l'époque, ne serait-ce que chez les villageois les plus rustiques ; l'autre, celle convenant le mieux à sa nature vigoureuse, que le Meunier voulut affirmer une bonne fois pour toutes que la langue lui appartenait et que c'était lui qui l'accommodait au gré de son humeur.

Il arriva qu'un magister pédant, comme il n'en manque point, lui jeta au visage quelque vers qui, eu égard à la synalèphe, se serait avéré mal compté. Telle fut la réplique, fameuse, de Zúñiga : « Mal compté ? Mal compté ? Je l'ai compté avec les doigts. » Tout commentaire est superflu.

Catholique convaincu et de pure souche, le Meunier ne fit pourtant pas la sourde oreille aux coups de gueule qui assourdissaient le siècle. Il ressentit profondément la démocratie, même si ce gallicisme, à l'entendre en certaines circonstances, l'écœurait *ad nauseam*. Dès le commencement il revendiqua pour chaque lettre sa pleine indépendance. Pour preuve, ces deux échantillons du formidable Aragonais. A l'évidence, il s'agit de vers que le goût corrompu de notre temps, insensible à leur musique, n'entonnera pas, conscient de leur totale euphonie. Le premier, sous le pseudonyme de Garduña, appartient à la pièce intitulée *Observation respectueuse à Monsieur le Maire de Magallón*. L'octosyllabe dit :

On te flaire, Manuel

Et nous devons bien entendu le scander ainsi :

On/te/flai/re,/Ma/nu/e/l(e).

Un autre exemple encore plus renversant, celui que nous reproduisons :

Accours, ailée femelle

L'échassier

Le lecteur instruit scandera de la sorte :

Ac/cours/ai/lé/e/fe/mel/le.

Et penser que le modernisme de Rubén, tellement porté aux nues par la critique d'outre-mer, ne se risqua jamais à semblables bizarreries et démonstrations !

Voici un témoignage digne de foi. Il se trouve dans la deuxième colonne de la dix-neuvième page du bulletin anonyme *El complutense* [1], daté de 1795, que les érudits les plus estimables hésitent à attribuer à la plume du Père Terranova. Nous avons transcrit ce paragraphe d'une feuille arrachée à l'exemplaire que nous avions rendu aussitôt à la Bibliothèque Episcopale d'Alicante.

« Le sieur Zúñiga, qu'il est d'usage d'appeler le Meunier, étant à la cour, ce dernier assista à la lecture d'un poème du marquis de Montúfar, qu'il jugea défectueux quant à la mesure. Le marquis, homme fort chatouilleux, lui rétorqua : " La ferme, espèce d'abruti. " »

Arrivé à cet instant décisif, le texte reste tronqué. Qu'elle dut être terrible, la réaction, sinon les coups de poing, de notre Meunier, pour que le chroniqueur, quoique caché sous l'anonymat, n'ait pas osé la reproduire, ou même seulement la suggérer d'un léger clin d'œil ou d'un indice. Je ne me risquerai certes pas à remplacer ce qui manque ; le poil se hérisse.

Venons-en immédiatement à un épisode martial, digne des *Disparates* de Goya. Le général Hugo, pendant le cours funeste de la vandalique invasion napoléonienne, pénétra dans le domaine de Labata, où le comte du même nom le reçut avec la plus extrême

1. D'Alcalá de Henares, patrie de Cervantes, où fut imprimée de 1514 à 1517 la célèbre *Biblia Complutensis* (N.d.T.).

hospitalité, afin de donner au *gabacho*[1] une leçon d'ancienne courtoisie. A peine Zúñiga eut-il eu vent de cette situation insolite qu'il trouva le moyen de se rendre auprès du malheureux étranger. Quelle n'aura pas été la stupéfaction de celui-ci en apercevant le gigantesque barbon qui essayait de baiser son anneau et s'écriait, tout en dansottant une jota :

— Voui, voui, moussiou. Vive Napoléon !

Un autre petit exemple. A partir de 1840 et quelque, son personnage nous apparaît sous les traits d'un colosse empoignant de la main droite le gourdin et de la gauche le tambourin à sonnailles. Chacun sait que l'imagination populaire ne rate jamais sa cible. Nonobstant, la seule effigie véridique que fournit l'*editio princeps* de ses œuvres, publiée en 1821 par son frère de lait, Pedro Paniego, reproduit l'image d'un homme de courte stature, yeux assoupis, nez camus, affublé d'une livrée en tissu grossier, avec boutons en bronze. A l'égal du Père Terranova dans sa chronique, l'artiste subtilise le corps à la robuste vérité et apostasie à l'aide du pinceau !

Notre plume, en revanche, se délecte à livrer à l'imprimerie cette anecdote tirée de *Moult boutades et mots d'esprit* (Madrid, 1934) de don Julio Mir y Baralt. Pas un iota à rajouter au texte piquant que nous exhumons ; le fait resplendit dans sa plénitude la plus totale :

« Le Meunier étant de passage à Jaca, quelques

1. Mis pour *franchute* * (Note de H.B.D.).

* Termes méprisants pour désigner les Français (N.d.T.).

coquins l'aperçurent faisant un brin de causette avec un sujet aux façons fort distinguées et, pour se moquer de sa rusticité, ils lui crièrent :

« — Homme, avec quel homme es-tu donc ?

« Et Zúñiga de répondre du tac au tac, sans se démonter ni changer de couleur :

« — Avec *Ristournin.*

« On découvrit par la suite qu'il s'agissait d'un commissionnaire dont il espérait tout simplement quelque *ristourne.* »

Une autre sollicitation pressante qui nous transporte d'enthousiasme. A Calasanz lui-même, que certains avaient taxé d'une rancœur coupable et mal réprimée, il n'échappe pas du tout, ainsi que le met en évidence la page 414 de l'*Investigation* déjà citée, que l'intermède *A bon taureau meilleur bœuf,* de Cornejo, renferme nombre de lignes de la facture du Meunier. *Primus inter pares,* le prodigieux hendécasyllabe qui, aujourd'hui encore, saisit et épouvante les auditoires :

Il sortit l'épépépépépépépée

que les acteurs, effrayés par tant d'audace, réduisirent à :

Il sortititit l'épépépépépépépée

tel qu'il retentit à présent sur les planches. *Epépépépépépépée* dessine dans notre cerveau l'image démesurée de l'espadon [1].

1. Je lis dans le dictionnaire que l'espadon est une rapière (note de H.B.D.).

Nous mentionnerons, pour solde de tout compte, une hyperbole suggérée par le nom pluriel de Béhémoth que les Saintes Ecritures (*Job,* 40, 10) donnent à l'hippopotame, nom équivalent à « animaux » : le Meunier dédie au baudet, auteur d'une audacieuse ruade au comte de Jaca, ce vers bien tourné qui glaçait le sang de don Marcelino :

Il est plus grand que deux ou trois lapins.

C'était ainsi que le Meunier ruminait la Parole de Dieu, l'attelant à son char vainqueur, lorsque la Muse le réclamait ! Et penser qu'il y a des pleutres pour lui refuser ses lettres de créance de poète !

Alberuela, 25 mai 1972.

L'ennemi numéro 1 de la censure

(Notice biographique d'Ernesto Gomensoro, en guise de prologue à son Anthologie.*)*

Maîtrisant les sentiments que me dicte mon cœur, j'écris sur ma Remington ce portrait d'Ernesto Gomensoro, en guise de prologue à son *Anthologie*. D'une part, je suis rongé par la crainte de ne pouvoir remplir à la perfection le mandat d'un défunt ; mais de l'autre je m'offre la délectation mélancolique de dépeindre cet homme de valeur dont les pacifiques habitants de Maschwitz se souviennent encore sous le nom d'Ernesto Gomensoro. Je n'oublierai pas facilement cet après-midi où il me recevait, avec du maté et des petits biscuits, sous l'auvent de sa maison de campagne, à proximité de la voie ferrée. Je m'étais risqué dans ce coin perdu sous le coup d'une émotion légitime : une carte, adressée à mon domicile, m'invitait à figurer dans l'*Anthologie* qu'il incubait alors. Le flair aiguisé d'un si remarquable mécène éveilla mon intérêt toujours aux aguets. Je voulus en outre le prendre au mot, de peur qu'il ne se repentît, et décidai d'apporter moi-même ma contribution, afin d'éviter ces retards traditionnels que l'on impute généralement à notre administration postale.

Le crâne glabre, le regard perdu dans l'horizon agreste, la joue large duvetée de gris, la bouche ordinairement pourvue de la pipette et du maté, la serviette immaculée sous le menton, le torse d'un taureau et un léger costume en fil à moitié repassé, tel fut mon premier instantané. Depuis le fauteuil à bascule en osier, une voix sans affectation paracheva bientôt le tableau séduisant offert par notre amphitryon, m'invitant à m'asseoir sur le petit banc de cuisine. Têtu et faraud, je brandis sous ses yeux la carte d'invitation afin de me retrouver sur un terrain solide.

— Oui, proféra-t-il avec nonchalance. J'ai envoyé la circulaire à tout le monde.

Tant de sincérité me ragaillardit.

Dans ce genre de situation, il n'est pas de meilleure politique que de se gagner les bonnes grâces de l'homme qui détient notre sort entre ses mains. Avec la plus grande franchise, je déclarai être le reporter artistique et littéraire de *Dernière Heure* et vouloir, en réalité, lui consacrer un article. Il ne se fit pas prier. Il s'éclaircit le fond de la gorge d'un crachat glaireux et dit avec cette simplicité dont se parent les personnages éminents :

— Je souscris à votre projet de tout mon cœur. Je

vous préviens que je ne vais pas vous parler de la censure, car on répète çà et là que je suis doctrinaire et que la guerre contre la censure est devenue ma seule idée fixe. Vous m'objecterez que peu de sujets sont aussi passionnants aujourd'hui. Vous avez raison.

— Je n'en doute point, soupirai-je. Le pornographe le plus exempt de préjugés rencontre chaque jour de nouvelles entraves dans son domaine d'action.

Sa réponse me laissa bouche bée.

— Je me doutais bien que vous accrocheriez par ce bout. J'admets à toute allure qu'il n'est pas très sympathique de restreindre l'activité d'un pornographe. Mais foin de tout cela ! ce cas si rebattu n'est qu'un aspect du problème. Tant de salive usée à dénoncer la censure morale et politique, et nous en négligeons d'autres variétés beaucoup plus attentatoires à la liberté. Ma vie, si vous me passez l'expression, est un exemple instructif. Fils et petit-fils de progéniteurs invariablement recalés à la table d'examen, je fus voué dès mon plus jeune âge aux tâches les plus diverses. Et me voici entraîné dans le tourbillon : l'école primaire, la vente de valises en cuir et, à des instants volés au train-train quotidien, la composition de quelque vers. En soi dépourvu d'intérêt, ce dernier fait fouetta la curiosité des esprits en éveil de Maschwitz et ne tarda pas à se répandre et grossir de bouche en bouche. Tel celui qui voit monter la marée, je sentis que le village tout entier, sans distinction de sexe ni d'âge, verrait apparaître avec soulagement mes publications dans les journaux. Semblable appui me poussa à envoyer, par la poste, à des revues spécialisées, l'ode *En avant !* La réponse fut une conspiration du silence, à l'honorable exception d'un supplément qui me la retourna sans commentaires. Vous pouvez voir ici l'enveloppe, encadrée.

« Je ne cédai pas au découragement. Ma seconde attaque prit un caractère massif ; j'expédiai simultanément, à non moins de quarante organes de presse, le sonnet *A Bethléem,* poursuivis le bombardement avec des dizains, *Moi, j'apprends,* un recueil, *le Tapis d'émeraude,* et une composition, *Pain de seigle,* qui tous, vous n'en croirez pas vos oreilles, connurent un sort identique. Une si étrange aventure tint en haleine les autorités et le personnel de notre bureau de poste qui s'empressèrent de la divulguer. Le résultat était prévisible : le docteur Palau, homme insigne et de bien s'il en est, me nomma directeur du directeur du supplément littéraire du jeudi du quotidien *La Opinión.*

« J'assumai cette magistrature civile pendant près d'un an, avant d'être mis à la porte. Je fus, pardessus tout, impartial. Estimable Bustos, rien, en ces heures suprêmes, ne vient troubler ma conscience. Si j'ai fait place, une seule fois, à un enfant de ma muse — la composition *Pain de seigle,* qui déchaîna une campagne durable de lettres signées ou anonymes —, ce fut sous le pseudonyme secourable de *Capitaine Nemo,* allusion à Jules Verne qui échappa à quelques-uns. On ne m'indiqua pas la sortie pour cette unique raison ; pas la moindre bestiole vivante n'oubliait de me faire porter le chapeau : la feuille du jeudi était plutôt une poubelle, ou, si vous préférez, le pire. Sans doute se référaient-ils à la qualité insignifiante des textes proposés. L'inculpation se justifiait indéniablement ; mais ils n'avaient rien compris aux critères qui me tenaient lieu de boussole.

« A la lecture rétrospective de ces méchants papelards sans queue ni tête, ma nausée est plus forte que celle des plus impitoyables aristarques, des papelards que je confiais, sans même y jeter un coup d'œil, au monsieur responsable des ateliers graphiques. Vous le voyez, je vous parle à cœur ouvert : de l'enveloppe au linotype, et moi je ne prenais même pas la peine de vérifier s'il s'agissait de prose ou de vers. Je vous supplie de me croire : mes archives conservent, en deux ou trois exemplaires et empruntée à Iriarte, une fable signée de façon contradictoire. Des publicités de *Thé Sol* et de *Maté Gato* alternaient gratuitement avec les autres publications, sans oublier les petits couplets que les oisifs laissent dans les toilettes. Y figuraient aussi des noms féminins autorisant les plus grands espoirs, avec le numéro de téléphone.

« Ainsi que l'avait déjà subodoré mon épouse, le docteur Palau finit par monter sur ses grands chevaux, prit ses responsabilités et m'annonça que la feuille littéraire, ça suffirait comme ça, qu'il ne pouvait pas me dire qu'il m'était reconnaissant des services rendus, parce qu'il n'avait pas le cœur à plaisanter, et du vent !

« Je vais être sincère avec vous ; à mon amis, ce renvoi doit être attribué, aussi incroyable que cela semble, à la parution fortuite d'un recueil remarquable, *Le Raid,* qui fait revivre un épisode très prisé par ici, les Indiens Pampas faisant un raid dévastateur et décapitant tout ce qui bouge. Les iconoclastes de Zarate n'ont pas manqué de mettre en doute la véracité du cataclysme ; il inspira en tout cas les vers bien tournés de Lucas Palau, commissaire-priseur et neveu de notre directeur. Quand vous serez, mon jeune ami, sur le point de reprendre le train, très bientôt, je vous montrerai ces silves, je les ai mises sous verre. Fidèle à mes normes je les avais publiées sans m'arrêter ni à la signature ni au texte. Le barde, me dit-on, s'attaque à de nouvelles rimailles qui attendirent leur tour, en vain : ne manquant jamais de respecter l'ordre d'arrivée, occupé à publier une kyrielle d'insanités, j'en repoussai chaque fois l'édition ; le népotisme et l'impatience firent déborder le vase, je dus alors gagner la sortie. Je me retirai.

Tout au long de cette tirade, Gomensoro me parla sans amertume et avec une évidente sincérité. Sur mon visage se peignait l'ébahissement de celui qui voit voler un cochon, et je mis un bon moment à articuler :

— Je dois être obtus, mais je ne vous suis pas complètement. Je veux comprendre, je veux comprendre.

— Il est encore trop tôt, répondit-il. Vous ne me semblez pas appartenir à cette contrée si chère à mon cœur, mais quant à être obtus — pour reprendre votre jugement non moins objectif que sévère —, vous n'auriez peut-être pas tort, car vous n'avez rien saisi du tout à ce que je vous rabâche. Preuve supplémentaire de cette incompréhension généralisée, le Comité d'Honneur des Jeux Floraux, qui donna tant d'éclat à notre dynamique municipalité, m'offrit de faire partie de leur jury. Ils n'avaient rien saisi du tout ! Je déclinai l'invitation ainsi que j'en avais le devoir. Les menaces et la subornation s'écrasèrent contre ma décision d'homme libre.

A cet instant, comme s'il avait enfin fourni la clé de l'énigme, il suçota sa pipette et se retrancha dans son for intérieur.

J'attendis qu'il eût épuisé le contenu de la casserole et me risquai à lui susurrer d'une voix fluette :

— Je n'y arrive pas, chef.

— Bon, je vais me mettre à votre niveau. Ceux qui sapent de leur plume les bases des bonnes mœurs et de l'Etat n'ignorent pas, je l'espère, qu'ils s'exposent à buter contre les rigueurs de la censure. C'est un fait inqualifiable, mais il comporte certaines règles du jeu et celui qui les enfreint prend ses responsabilités. Voyons en revanche ce qui arrive lorsque vous vous présentez dans une rédaction avec un manuscrit qui, tout bien considéré, est un véritable fatras. On le lit, on vous le rend, et on vous suggère de vous le fourrer là où vous voulez. Je parie que vous repartez certain d'avoir été victime de la censure la plus impitoyable. Supposons maintenant l'invraisemblable. Le texte soumis n'est pas une crétinerie, l'éditeur s'y intéresse et l'expédie à la fabrication. Kiosques et librairies le placeront à la portée des imprudents. Pour vous, le succès est complet, mais l'irréfutable vérité, mon estimable et jeune ami, c'est que votre manuscrit, lamentable ou non, est passé sous les fourches caudines de la censure. Quelqu'un l'a parcouru, ne serait-ce que *de visu,* on l'a jeté dans la corbeille ou envoyé à la fabrication. Aussi ignominieux que cela puisse paraître, ce fait se répète à l'envi, dans chaque journal, dans chaque revue. Toujours nous nous heurtons à un censeur qui choisit ou élimine. Voilà ce que je n'admets ni n'admettrai. Commencez-vous à comprendre mes critères quand j'étais responsable du jeudi ? Aucune vérification, aucun jugement ; tout avait sa place dans le Supplément. Le hasard, sous la forme d'un héritage récent et inattendu, va me permettre enfin de confectionner la *Première Anthologie Ouverte de la Littérature Nationale.* Aidé entre autres de l'annuaire du téléphone, je me suis adressé à toutes les bestioles vivantes, vous y compris, leur demandant de m'envoyer ce que bon leur semblait. Je respecterai l'ordre alphabétique avec la plus grande équité. Soyez sans inquiétude : tout sera publié en caractères d'imprimerie, même les pires inepties. Je ne vous retiens pas. Je crois déjà entendre les sifflements du train qui va nous rendre à la monotonie quotidienne.

J'ai dû sortir pensif, car qui m'aurait dit que cette première visite à Gomensoro serait, que pouvons-nous y faire, la dernière. Le dialogue cordial avec le maître et l'ami ne se renouerait plus jamais, du moins sur cette rive du Styx. La Parque l'arracha quelques mois plus tard à sa villa de Maschwitz.

Rétif à tout acte qui supposât un minimum de choix, Gomensoro, nous dit-on, mélangea les noms de ses collaborateurs dans un tonneau, et, dans cette tombola, le gagnant ce fut moi. La fortune qui m'échut dépassait mes plus brillantes ambitions de richesse, à la seule condition de publier l'*Anthologie* complète à bref délai. J'acceptai avec la hâte qu'on peut supposer et me rendis dans la villa qui m'avait accueilli autrefois, où je m'épuisai à dénombrer les hangars bourrés de manuscrits atteignant déjà la lettre C.

Je fus frappé de stupeur à la suite d'une conversation avec l'imprimeur : même sur papier pelure et dans un corps minuscule, la fortune ne permettrait pas d'aller au-delà d'*Añan* !

J'ai publié, brochés, cette kyrielle de volumes. A partir d'*Añan,* les exclus me rendent à moitié fou à force de plaintes et de procès. Mon avocat, le docteur González Baralt, allègue en vain pour prouver ma rectitude que moi aussi, dont le nom commence par B, je suis resté en dehors, pour ne rien dire de l'impossibilité matérielle d'inclure d'autres lettres. Il me conseille en attendant de chercher refuge à l'hôtel *Le Nouvel Impartial,* sous un nom d'emprunt.

Pujato, le 1er novembre 1971.

Deux fantaisies mémorables

LE TÉMOIN

Isaïe, VI, 5

Vous avez parfaitement raison, Lumbeira. Certains esprits récalcitrants préfèrent le genre d'histoire à faire périr d'ennui le Nonce quand il l'entend pour la millième fois, plutôt qu'un débat à la régulière sur un sujet, n'ayons pas peur de le dire, plus élevé. Vous voilà la bouche ouverte, à vous en décrocher la mâchoire, près d'émettre un jugement définitif sur l'immortalité du crabe, et avant d'avoir pu piper mot on vous assène une anecdote à laquelle vous ne réchapperez pas. Il y a des gens qui ne savent pas écouter. Ne bronchez pas, mon vieux camarade, tandis que je m'envoie un autre petit déjeuner complet derrière la cravate ; un peu de patience, et vous aurez droit à un de ces cas concrets... Si vous n'en tombez pas à la renverse, c'est que quand on a retourné votre pardessus vous étiez resté dedans. Bien qu'il m'en coûte de l'admettre — et j'ose parler parce que sur vous on peut affirmer en toute justice que vous ne vous êtes pas lavé depuis longtemps, mais en aucun cas que vous n'êtes pas argentin —, il faut proclamer haut et fort qu'en matière de vermifuges notre République a fait un pas en arrière, ce qui ne contribuera pas à la placer sous d'heureux auspices. La situation était toute différente lorsque mon gendre, abrité sous l'aile du népotisme, s'insinua dans l'Institut de Prévision Vétérinaire Diogo, ouvrant à force de patience une large brèche dans la muraille d'ostracisme que la simple mention de mon nom ne manquait jamais de dresser. C'est ce que je me tue à répéter au Lungo Cachaza — vous savez bien, le Tigre de la Curie —, on rencontre de ces atrabilaires qui tout à la joie de fouiller dans les fonds de poubelles répandent des bobards dignes du Tatou géant, des histoires appartenant déjà au domaine public : par exemple l'amende qu'on m'avait collée lors de l'embargo sur le thon, ou bien cette peccadille des actes de décès pour la Mafia de Rafaela. Quelle époque magnifique ! Il me suffisait de forcer un peu mon Chandler 6 pour qu'il ressemble aussitôt à un réveil-matin en mille morceaux, et je riais, je riais à m'en faire sauter les plombages lorsque je voyais accourir des mécaniciens de cent lieues à la ronde, attirés, telles des mouches, par le mirage de reconstituer l'engin. En d'autres occasions, c'était au tour des péquenots, suant à grosses gouttes pour me tirer de la boue, voire d'un bas-côté en projet. Je me traînais vaille que vaille sur un circuit de quelque huit cents kilomètres qui rebutait le restant de mes collègues, rétifs aux incitations les plus mirifiques. Ma mission était digne de l'homme de progrès que j'ai toujours été : sonder le marché en douceur, afin de développer notre nouveau service de lutte contre le pou du porcin, rien d'autre en fait que la diffusion de notre vieille amie : la Poudre de Tapioca en Boîte.

Sous prétexte de l'inexplicable entérocolite qui décima notre patrimoine porcin dans les contrées situées au sud-ouest de Buenos Aires, je fus obligé de dire tchao à mon Chandler, à moitié démonté du côté de Leubuco et, au milieu d'une nuée d'énergumènes bien décidés à me remplir jusqu'aux molaires de poudre de tapioca, je parvins à me joindre à une équipe de vétérinaires et à gagner sain et sauf les périmètres de Puán. Moi, j'ai toujours eu cette ligne de conduite : un endroit où l'homme de son temps est tenace et intelligent, et donne aux porcins les produits et l'alimentation rationnelle exigés afin d'en obtenir le rendement maximal en bonne viande sans graisse ni os — je veux parler de l'Anti-Poux Diogo et du Son Vitaminé Diogo —, cet endroit-là revêt au premier coup d'œil les perspectives les plus optimistes et encourageantes. Mais je ne gagnerais rien, ce coup-ci, à vous gruger tel un misérable contribuable, vous croirez donc aisément à ce tableau esquissé à grands coups de pinceau noirâtres : à l'heure où le crépuscule se perdait parmi les chaumes, la campagne offrait un spectacle désolé, les cochons morts jonchaient le sol et répandaient une puanteur répugnante.

En raison d'un froid à s'en gercer le nombril, à quoi vous ajouterez le costume en fil, moins la veste, endossée par un Duroc-Jersey [1] dans les derniers râles de l'agonie, et le cache-poussière déguisement, que j'échangeai, contre le transport de ma personne dans sa camionnette rustique, avec un agent de la Saponificatrice Silveyra, qui faisait son beurre en chargeant de la graisse d'ossements, je me glissai à l'intérieur de l'hôtel restaurant de Gouveia, et j'y commandai un petit déjeuner complet bien chaud ; alléguant qu'il devait être neuf heures passées, le veilleur de nuit fit droit à ma requête avec un soda Sifonazo, dont la température se révéla franchement inférieure. Une gorgée par-ci, un frisson par-là, je m'arrangeai pour soutirer au veilleur de nuit, un de ces muets qui, quand ils daignent parler, ont plus de bouches que l'égreneuse Diogo, achetée à crédit, je lui soutirai donc l'heure approximative du premier tortillard pour Empalme Lobos. Il me chantait déjà que je n'aurais pas à m'armer de patience pendant plus de huit heures lorsqu'un courant d'air me retourna comme une vulgaire chaussette : un interstice s'était ouvert pour laisser entrer ce ventripotent de Sampaio. Ne me faites pas croire que vous ne connaissez pas ce gros lard, je sais d'expérience que Sampaio n'est pas d'une nature délicate et fraye avec toute sorte de vermine. Il jeta précisément l'ancre

1. Race de porcs (N.d.T.).

à la table en marbre où je grelottais et débattit pendant une demi-heure avec le veilleur de nuit les mérites comparés d'un chocolat à la vanille et d'un bol de bouillon gras, admettant de guerre lasse la supériorité du premier, ce que le veilleur de nuit interpréta à sa façon en lui servant un soda Sifonazo. Cet hiver-là Sampaio, chapeau de paille enfoncé jusqu'au cou et petite veste courte, avait trouvé un dérivatif juteux à sa démangeaison littéraire : il rédigeait dans une écriture ouvragée une liste kilométrique d'éleveurs, engraisseurs et reproducteurs de porcs, pour une édition remise à jour de l'Annuaire Lourenzo.

Ainsi, recroquevillés près du thermomètre, claquant des fausses dents, nous contemplions ce local sombre et dégradé — le sol dallé, les colonnes métalliques, le comptoir avec la machine à express — et évoquions des temps meilleurs, lorsque nous nous disputions la clientèle et parcourions les terres arides de San Luis en avalant force poussière, à notre retour à Rosario l'aspirateur en était tout engorgé. Le Gros a beau être originaire de je ne sais quelle république tropicale, il est rapide comme l'éclair, et il voulut me distraire l'esprit par la lecture de son élucubration en fascicules ; moi je me faisais tout petit pendant les trois premiers quarts d'heure, et ma cervelle fonctionnait à toute vapeur dans l'espoir que ces Abalos et Abarrateguis et Abatimarcos et Abbagnatos et Abbatantuonos fussent des firmes opérant dans mon rayon d'action ; mais Sampaio se livra bientôt à une indiscrétion : il s'agissait d'éleveurs du nord-ouest de la province, zone certes intéressante du point de vue de sa densité démographique, mais malheureusement envahie par la publicité obscurantiste et nuisible de la concurrence. Voyez-moi ça ! Des années durant j'avais cru connaître par cœur le gros Sampaio sans jamais imaginer, nichée dans ce tas de graisse, la présence d'un vrai plumitif de haute volée. Agréablement surpris, je profitai vivement de la nouvelle image d'homme cultivé offerte par notre causeur et, à l'aide d'un croc-en-jambe que n'aurait pas désavoué le Père Carbone dans sa plus éclatante jeunesse, je fis dévier le sujet vers les Grandes Interrogations, obnubilé par l'idée d'expédier tête la première ce bedonnant de valeur dans la Maison du Catéchiste. En résumant grosso modo les directives d'un petit précis capital du Père Fainberg, je lui administrai cette question : comment l'homme, qui tel un train voyage d'un néant à l'autre, peut-il insinuer que sont pures balivernes et extravagances ces choses connues par le dernier des enfants de chœur, par exemple les pains et lels poissons ou bien la Sainte-Trinité. Ne vous endormez pas de surprise, cher Lumbeira, quand je vous aurai révélé que Sampaio ne se rendit pas à ce catégorique coup de massue. Plus froidement qu'une glace au café, il me rétorqua que pour ce qui était des trinités, il avait mieux que quiconque tâté des tristes conséquences de la superstition et de l'ignorance ; la moindre syllabe de ma part était donc inutile, il allait m'introduire sous la perruque *ipso facto* les fruits d'une expérience personnelle qui l'avait écarté de la voie stérile du matérialisme grossier. Don Lumbeira, je vous le jure et vous le parjure, pour désembourber le gros de ce projet, je tentai de l'appâter par l'idée d'un petit somme sur les tables de billard, mais l'homme se conduisit en despote et me débita sans vergogne ce conte que je vais vous narrer, dès que j'aurai épuisé, avec quelques petites gorgées de féca, les stocks de mie de pain et de beurre m'obstruant la bouche en cet instant. Il me dit, clouant son regard sur ma luette que je lui dévoilai dans un bâillement :

— De ces actualités — Panama en désuétude et costume raccommodé — n'en déduisez pas que mes circuits ont toujours été une succession de plaines, où pue le verrat, et d'auberges où l'interlocuteur horripile. J'ai connu de brillantes époques. Je vous ai déjà inculqué maintes fois que mon berceau se trouve là-bas, à Puerto Mariscalito, plage en vogue où se rendent les petites jeunes filles de ma terre dans l'espoir de faire la nique à la malaria. Mon père fut l'un des dix-neuf tromblons du coup de force du 6 juin ; lorsque les modérés revinrent au pouvoir, il passa, avec l'ensemble de ses collègues, du grade de colonel dans l'administration à celui de petit facteur fluvial au milieu des marécages. La main qui, redoutée, brandissait autrefois le tromblon à canon court se résignait maintenant à diffuser le paquet cacheté, voire l'enveloppe oblongue. Bien sûr, je m'en vais vous susurrer que mon père n'était pas de ces postiers s'abaissant à percevoir l'affranchissement des lettres sous forme de citrons verts, cachimans, papayes et autres fruits ; bien au contraire, il transformait le destinataire passif en un indigène alerte et entreprenant, prompt à acquérir toute sorte de camelote en même temps qu'il recevait son courrier. Mais devinez, don Mascarenhas, quel blancbec l'aidait à ces tâches patriotiques ? Cet enfant aux moustaches en manivelles qui vous tient ces propos dignes de foi. Mes premières courses à quatre pattes ? Je les effectuai retenu par le boute-hors de la pirogue ; mon premier souvenir ? Une eau verte, avec reflets de feuilles et densité de caïmans, où je refusais d'entrer comme un enfant que j'étais, et mon père, tel un Caton, m'y jeta soudain pour me guérir de la peur.

Mais cette panse dotée de deux jambes [1] n'était pas homme à appâter *in aeternum* avec des babioles le naïf habitant des huttes ; je n'avais pas de souhait plus ardent qu'user mes semelles en quête de nouveauté, appelez-la Cerro de Montevideo ou fillette à grain de beauté. Voulant ajouter quelques cartes postales bariolées à l'album que je fus toujours, je

1. Courageuse et opportune synecdoque, d'où l'on déduira sans hésiter que l'heureux Sampaio n'est pas de ces binoclards francisés qui tendent une main traîtreuse vers le Petit Larousse ; il a, bien au contraire, bu le lait de Cervantes à genoux, lait abondant et viril s'il en fut *. (Note évacuée par Mario Bonfanti S.J.).

* Pour une raison échappant à la perspicacité de notre équipe de correcteurs, le Père Mario Bonfanti, nerveusement secondé par M. Bernardo Sampaio, voulut retirer au dernier moment la note précédente, nous accablant de télégrammes collationnés, lettres recommandées, pneumatiques, suppliques et menaces.

profitai d'un « avis de recherche » me concernant pour dire adieu, depuis la cale d'un bateau de pêche, aux sereines plaines violettes, aux vertes forêts et aux marécages tachetés qui sont mon pays et ma patrie, ma douce nostalgie.

La traversée maritime dura quarante jours et quarante nuits, entre poissons et étoiles, avec des paysages en technicolor que je n'oublierai certes pas : un homme de pont souffrait du mal de mer et descendait me décrire le spectacle offert à ces vantards. Mais même le paradis a ses limites : un beau jour, je fus déchargé en guise de carpette dans les docks de Buenos Aires, au milieu de la poussière de tabac et des feuilles de bananier. Je vous épargnerai la liste alphabétique des renvois qui émaillèrent mes premières années d'Argentin, mis bout à bout, ils ne tiendraient pas dans la pièce. En revanche, vous aurez droit à une description minutieuse des événements qui se produisirent au sein de la raison sociale Meinong et Cie, dont j'avais grossi le personnel en qualité d'unique employé. La bâtisse se trouvait au 1300 de la rue Belgrano ; la société importait du tabac hollandais et la nuit, lorsque ses yeux se fermaient, durcis de fatigue laborieuse, l'exilé croyait émotter l'herbe de ses plantations si regrettées d'Alto Redondo. Il y avait un bureau de plain-pied pour éblouir le client et un sous-sol. Moi, faisant preuve, en ces années de jeunesse, de l'activisme de mon âge, j'aurais donné tout l'or noir de Pánuco en échange de quelques transformations, par exemple déplacer une de ces petites tables basses que la rétine enregistrait à droite, mais don Alejandro Meinong m'avait interdit de modifier en quoi que ce soit les place et affectation du mobilier : aveugle, il connaissait par cœur la disposition des lieux. Je crois encore le voir, lui qui ne me vit jamais, avec les deux nuits de ses besicles noires, sa barbe de maître berger, sa peau couleur mie-de-pain et sa stature néanmoins avantageuse. Je lui répétais sans cesse qu'il lui faudrait un chapeau de paille dès les premières chaleurs, mais il portait à vrai dire une calotte en velours dont il ne se séparait même pas au réveil. Je m'en souviens bien : sa bague était aussi grande qu'un miroir et je me rasais devant son doigt. Je vous coupe la parole, me la glisse dans la bouche et vous précise que don Alejandro, comme moi, représentait une motte parmi d'autres du terreau migratoire : ça allait faire un demi-siècle qu'il avait vidé son dernier pichet de bière dans la Herrengasse. Des piles de bibles dans toutes les langues possibles et imaginables encombraient son salon-chambre à coucher ; membre titulaire d'une association de doux rêveurs, il s'efforçait, avec ses collègues, d'adapter les disciplines géologiques à la chronologie marginale qui agrémente les Saintes Ecritures. Son capital, non négligeable, était déjà voué à cette bande de piqués et il aimait à répéter qu'un héritage de plus de carats que l'or le plus pur attendait sa petite-fille Flora, autrement dit l'amour de la chronologie biblique. Cette héritière était une fillette maladive, neuf ans tout au plus, le regard perdu dans le lointain comme scrutant la haute mer, les cheveux blonds, avec une façon d'être douce et réservée, semblable à la sylvestre *langue-de-chien* que nous sommes tous allés cueillir dans les prairies et ravins de Cerro Presidente. Sans aucune compagnie de son jeune âge, la fillette prenait plaisir à m'entendre entonner, dans mes moments de loisir, l'hymne national de la mère patrie, que j'accompagnais au tambourin ; mais il est juste de dire que le singe ne s'adonne pas toujours à des singeries : quand je m'escrimais avec la clientèle ou m'envoyais une petite sieste, la môme Flora jouait dans la cave au « Voyage au centre de la terre ». Ces expéditions déplaisaient au grand-père, il y redoutait un danger ; alors qu'il circulait dans la maison comme un poisson dans l'eau, à peine se retrouvait-il dans l'obscurité qu'on l'entendait se plaindre : les choses avaient changé de place, il avait l'impression de se perdre. Pour ceux dont les facultés de compréhension seraient émoussées, ces jérémiades n'étaient que le privilège de l'extravagance ; même le chat Moño savait en effet qu'en guise de surprises le dépôt recelait seulement pile sur pile de tabac de Hollande en feuilles et quelques vestiges d'ustensiles périmés de l'ex-Salle des Ventes E.K.T., locataire des lieux avant mon don Alejandro. J'ai mentionné Moño et il serait vain de cacher plus longtemps que ce chat venait s'ajouter à la confrérie des dégoûtés de la cave : je le voyais descendre l'escalier une fois, et cent autres s'enfuir comme s'il avait le diable aux trousses. De tels accès chez un gros matou paisible, parce que châtré, avaient de quoi susciter l'inquiétude du plus flegmatique, mais moi je vais toujours droit au but, semblable à l'aimant, encore qu'il aurait mieux valu, dans ce cas précis, veiller au grain. Quand je découvris la vérité par la suite, il était déjà bien tard, et les matous constituaient le cadet de mes soucis avec tant de malheur.

Vous aurez beau vous munir d'une roue supplémentaire, vous n'échapperez pas au récit du calvaire. Tout commença le jour où don Alejandro faillit se ranger dans sa mallette en cuir synthétique tellement ça le démangeait d'aller à La Plata. Un autre calotin vint le chercher et les voilà partis fiers comme Artaban pour le congrès des bibliques au ciné-salle des fêtes Dardo Rocha. Depuis le portail, il me dit de tenir la cafetière sifflante fin prête pour son retour, le lundi suivant ; il ajouta que le voyage allait durer trois jours et que je devais soigner la petite Flora comme la prunelle de mes yeux. Lui-même savait parfaitement combien cette recommandation était oiseuse : si grand et si noir que vous me voyiez ici, mon plus grand orgueil était de servir de chien de garde à la fillette.

Un après-midi, rempli jusqu'à l'occiput de crème caramel, je me payai un petit somme digne d'un régisseur de troupeaux ; la gamine mit à profit le relâchement d'une surveillance pointilleuse pour se faufiler dans la cave. A l'heure de l'angélus, lorsqu'elle coucha sa poupée, je remarquai son pouls fiévreux, son regard effrayé et halluciné. Comme ses frissons devenaient de plus en plus fréquents, je l'expédiai au fond de sa couche et lui administrai une infusion de menthe. Je me souviens de cette nuit-là : afin de dissiper ses cauchemars je m'étendis sur le paillasson en palme, au pied de son lit. La fillette se réveilla tôt, encore un petit peu malade, non pas tant à cause de la fièvre, qui avait baissé, qu'à cause de l'épouvante. Plus tard, après l'avoir réconfortée avec du café, je lui demandai la raison de ses angoisses ; la veille elle avait aperçu dans la cave une chose si bizarre qu'elle ne pouvait pas la décrire, sauf la barbe. Je fus enclin à penser que cette fantaisie barbue, plutôt que responsable de la fièvre, en était ce que le praticien dénomme symptôme, et pour la distraire je lui racontai l'histoire du péquenot élu député par les singes. Le lendemain, la gamine courait à travers toute la bâtisse et sautait comme un cabri. Rechignant à descendre l'escalier, je l'envoyai chercher une feuille avariée aux fins de vérification. Ma requête suffit à la bouleverser. Je savais la fillette courageuse, je lui enjoignis donc d'obéir séance tenante, afin de disperser une bonne fois pour toutes ces toiles d'araignée morbides. Je me rappelai soudain mon père me catapultant hors de la pirogue et ne cédai pas à la compassion. Je consentis toutefois à l'accompagner jusqu'en haut de l'escalier et la vis s'y engager très droite et toute raide, comme le petit soldat-silhouette du tir à la cible. Elle rentra dans la cave les yeux fermés, au milieu des piles de tabac.

A peine avais-je tourné le dos que j'entendis le cri. Il n'était pas très fort mais je crois maintenant que j'y découvris, comme dans un miroir en miniature, ce qui effrayait Flora. Je dévalai les marches ventre à terre et la trouvai allongée sur les dalles. Elle se serra contre moi de toutes ses forces, avec ses deux petits bras comme du fil de fer, et là, tandis que je la suppliai de ne pas abandonner son tonton Saint-Bernard (le surnom qu'elle m'avait donné), elle rendit l'âme, je veux dire qu'elle mourut.

J'étais réduit à néant ; il me semblait que ma vie, jusqu'à cet instant, avait été vécue par un étranger. Subitement, le moment où j'avais descendu l'escalier me parut lointain. J'étais assis par terre ; mes mains, comme détachées de mon corps, roulaient une cigarette en papier. Le regard tournait en rond, absent lui aussi.

Ce fut alors que j'observai, assise sur une berceuse en osier allant et venant doucement, la cause de l'épouvante de la fillette, et de sa mort par voie de conséquence. Au risque de passer pour un insensible, le fait est que je ne pus réprimer un sourire quand je vis ce qui, en toute simplicité, avait entraîné mon infortune. Mais avant tout prenez votre élan... on décolle. Soudain les voici tous les trois ensemble, faisant bouger le fauteuil dans une sorte de confusion sereine : comme l'observation scientifique les situait en un seul endroit, sans devant ni derrière, ni haut ni bas, ils blessaient un peu le regard, surtout au premier coup d'œil. Le Père trônait, je le reconnus à sa barbe torrentielle, et c'était en même temps le Fils, avec les stigmates, et l'Esprit, une colombe de la taille d'un chrétien. J'ignore combien d'yeux me surveillaient car, tout bien considéré, la paire revenant à chaque personnage n'était qu'un seul œil et occupait tout à la fois six places différentes. Ne me parlez pas des bouches et du bec, c'est un coup à y laisser sa peau. En outre, chacun sortait de l'autre dans une rotation affairée, et rien d'étonnant si je sentis bientôt venir en moi un début de vertige, comme l'individu penché sur une eau tourbillonnante. Ils semblaient illuminés par leur propre mouvement et devaient se tenir à quelques dizaines de centimètres, assez près pour que le tourbillon emporte par hasard une main distraitement tendue. J'entendis alors le tram 38 le long de Santiago del Estero et pensai à quelque chose qui manquait dans la cave, le bruit du fauteuil. C'était à en mourir de rire : un regard plus attentif révéla que la bergère restait immobile, ce que j'avais pris pour un balancement n'était rien d'autre que l'occupant lui-même.

La Très Sainte ici pour moi tout seul, me dis-je, créatrice du ciel et de la terre, et mon don Alejandro parti à La Plata ! Cette pensée suffit à me libérer de l'inertie dans laquelle j'étais plongé. Le moment était mal choisi pour s'abîmer en d'agréables contemplations : don Alejandro, de la vieille école, ne m'écouterait pas d'une oreille bienveillante expliquer pourquoi j'avais négligé la fillette.

Elle était morte, mais je ne me résignai pas à la laisser si près du fauteuil ; je la pris donc dans mes bras et la couchai sur le lit, avec sa poupée. Je l'embrassai sur le front et partis, endolori à l'idée de l'abandonner dans cette bâtisse à la fois si vide et si habitée. Voulant échapper à don Alejandro, je quittai la ville par la gare du 11-Septembre. Un jour je reçus des nouvelles de la rue Belgrano : la maison avait été démolie pour cause d'alignement.

Pujato, 11 septembre 1946.

LE SIGNE

Genèse, IX, 13

Là où vous l'apercevez, l'ami Lumbeira tombe à pic ; je pourrais me faire payer un autre petit déjeuner complet ; les brioches procurent de l'énergie et le soussigné n'est pas homme à dédaigner une bonne paire de petits pains fourrés au beurre ou une de ces sucreries graisseuses dont je me colmate le groin jusqu'au coude et que je renfonce en ingurgitant des lampées de féca léo, et me voici en pleine forme pour enfourner une platée de ces agrestes galettes. Ne bronchez pas, cher pigeon ; une fois mon gosier dégagé, et recouvré l'usage de la parole, je m'en vais vous introduire par les deux oreilles une histoire en guise de saucisse, le récit d'un tel événement que vous allez réclamer *ipso facto* la présence du garçon, et lui récapituler, dans sa citrouille rebelle, un menu gigantesque, même qu'après il ne restera plus un grumeau de graisse à deux lieues à la ronde.

Rien ne résiste au temps, Lumbeira ! A peine vos molaires disparaissent-elles dans ce boudin anglais que déjà tout a changé en un clin d'œil, ce perroquet vous cassait les oreilles et c'est vous qui êtes maintenant là à vous balancer et à lui casser les siennes. Vous ne croirez pas à mes mensonges, mais j'étais plus accroché qu'un robinet à l'Institut de Prévision Vétérinaire Diogo, l'odeur du train m'était aussi familière que celle de la niche pour le chien, ou du Lacroze [1] pour vous : autrement dit, en qualité de voyageur représentant de commerce, je pratiquais le réseau ferroviaire à jet franchement continu. Soudain, du jour au lendemain, sans autre introït qu'une enquête et un procès qui durèrent une année et demie, je leur en torchai une péremptoire de ma plus belle plume et pris la poudre d'escampette. Mes 44 fillette finirent par se poser à *Dernière Heure* d'où le rédacteur en chef, un misérable crétin, m'expédia en tant que reporter itinérant, tantôt vautré dans le tortillard pour Cañuelas et tantôt transféré vers Berazategui dans la carriole du laitier.

Il est indéniable que l'homme voyageur entre d'ordinaire en contact avec les couches superficielles des districts du périmètre urbain, surprenant ainsi à maintes reprises des silhouettes tellement inédites que vous pourriez bien attraper un autre orgelet à

1. Le métro, du nom de l'ingénieur français qui réalisa le métro de Buenos Aires (N.d.T.).

les entendre évoquer. Epargnez-vous donc la peine d'ouvrir la bouche, car même les mouches, dans mon lait, savent déjà quelle banalité vous allez m'assener : je suis un vieux de la vieille, j'ai plus de flair journalistique qu'un museau de bouledogue... A vrai dire, on me dépêcha à Burzaco pas plus tard qu'hier, comme on enverrait une bûche enveloppée dans du papier d'emballage. Collé tel un fromage contre la vitre, où le petit soleil de 12 h 18 faisait dégouliner la graisse de mon front, je passai, la tête transformée en courant d'air, de l'asphalte au bidonville, du bidonville à la villa et de la villa à l'enclos où le cochon pullule. Ou bien, pour parler plus simplement, je descendis du train en gare de Burzaco. Je vous le jure à m'en faire pousser la barbe, je n'étais pas effleuré par le plus minuscule pressentiment de la révélation qui m'attendait en cet après-midi tellement suffocant. Elégant et désinvolte comme un gigolpince, je restais dans l'expectative ; qui aurait pu m'annoncer qu'à cet endroit, en plein cœur de Burzaco, me serait révélé un prodige à vous cailler le sang quand vous en aurez pris connaissance.

J'empruntai, bien sûr, la rue San Martin, et au détour du premier bras géant jaillissant de terre pour offrir un maté Noblesse Oblige, je me fis l'immense plaisir de saluer le domicile personnel de don Ismaël Larramendi. Imaginez une ruine encore en service, une bicoque coquinette à moitié bâtie, vulgairement parlant un sacré monceau de décombres ; vous-même, don Lumbeira, qui au moment de roupiller n'êtes pas dégoûté par un nid de fourmis, eh bien vous n'y seriez pas entré sans l'écharpe et le parapluie. Je franchis un parterre envahi de broussailles et lorsque j'atteignis le porche, sous un écusson du Congrès Eucharistique format Primo Carnera[1], je vis jaillir un petit vieux mezzo déplumé, conditionné dans un cache-poussière tellement lavé et relavé que je sentis une envie irrépressible de le saupoudrer avec les saletés s'accumulant au fond de mes poches. Ismaël Larramendi — surnommé don Pti'Maté — m'apparut pourvu de besicles de couturière, d'une moustache de double phoque et d'un mouchoir ornant toute sa nuque. Il rabaissa sa stature de quelques centimètres pour déchiffrer cette carte que je vous frotte maintenant sur ce nombril vous tenant lieu de visage et où vous pouvez lire, sur papier Vitroflex et en caractère Polanco : « T. Mascarenhas, *Dernière Heure.* » Sans lui laisser le temps de jouer le gambit de l'absence, je lui clouai le bec avec un énorme bobard : j'avais un dossier sur lui et je garderais toujours son signalement, quand bien même se déguiserait-il en moustachu. Voyant et considérant que la salle à manger m'était un peu étriquée, je sortis la cuisinière dans la cour-buanderie, déménageai mon galurin dans la chambre à coucher, offris à mon derche le fauteuil à bascule, allumai un Salutaris que le vioc tardait à me proposer et distribuant l'ensemble de mes panards sur une petite étagère en *pinus palestris,* au milieu des manuels Gallach,

1. Célèbre boxeur d'alors, d'une taille gigantesque (N.d.T.).

j'invitai la vieille baderne à s'installer par terre et à me parler, tel un phonographe à pavillon, de son mentor, le défunt Wenceslao Zalduendo.

Qu'avais-je dit là ! Il ouvrit la bouche et commença à déclamer son rôle d'une petite voix perçante d'ocarina ; je vous le jure sur cette pile de sandwiches, si je ne l'entends plus c'est parce que nous sommes ici, dans cette crémerie de Boedo. Il dit ceci, et je n'eus même pas le loisir d'évoquer le panorama turfistique :

— Jetez, monsieur, votre excellent coup d'œil par cette petite fenêtre basse et vous distinguerez aisément, au-delà de la deuxième main brandissant du maté, une demeure petite, certes, mais à qui il manqua toujours, putain de vie ! le crépi. Signez-vous en toute confiance et faites trois vœux, car sous les tuiles de cette maison a vécu un homme bien plus digne d'éloges que tous ces véritables vampires assoiffés du sang des pauvres ou de l'industriel enrichi. Je vous parle de Zalduendo, monsieur !

« Quarante années se sont écoulées à travers ce petit cercle [1] — trente-neuf éternités, plutôt — depuis l'inoubliable soirée, le point du jour peut-être, où je connus don Wenceslao. Lui ou un autre d'ailleurs ; le temps apporte l'oubli, c'est un baume magnifique, et l'on finit par ne plus savoir avec qui on a bu du

1. Il s'agit à l'évidence du plus rudimentaire des monocles. Notre homme l'improvisa à l'aide du pouce et de l'index, l'appliqua contre son orbite, fit un clin d'œil et rit avec bienveillance. *Tout comprendre c'est tout pardonner.* (Note *griffonnée* par le docteur Gervasio Montenegro.)

lait la dernière fois au bar de Constitución, voire une infusion d'avoine maltée, si bénéfique à l'estomac. En tout cas je fis sa connaissance, mon bon monsieur, et nous en vînmes à parler un peu de n'importe quoi, mais avec un intérêt particulier pour les voitures de la ligne de San Vicente. Pour une raison ou pour une autre, tous les jours ouvrables je prenais le 6 h 19 à Plaza ; voyageant plus tôt, don Wenceslao loupait à coup sûr celui de 5 h 14 et je l'apercevais de loin, esquivant les flaques gelées sous la lumière tremblotante du lampadaire de la Coopérative. C'était comme moi un adepte insatiable des avantages du cache-poussière, et sans doute nous arriverait-il d'être photographiés, des années plus tard, avec deux exemplaires identiques.

« Monsieur, j'ai toujours répugné à me mêler de la vie d'autrui, et c'est pourquoi je me gardai bien de demander à mon nouvel ami pourquoi il voyageait avec son crayon Faber et un rouleau d'épreuves d'imprimerie, outre le dictionnaire de Roque García, œuvre tellement complète, en tant de volumes ! Bien malin celui qui trouve. Est-ce que je me fais comprendre ? J'éprouvais certaines démangeaisons de temps à autre mais j'obtins bientôt ma récompense : d'une seule et même bouche, il m'annonça être correcteur auprès des Editions Oportet & Haereses et m'invita à le seconder dans ces tâches, tâches auxquelles il se livrait dans le train pour s'y distraire, avec une louable ténacité. Je vais être franc : mes lumières sont fort ténues et j'hésitai d'abord à le suivre sur ce terrain ; mais la toute-puissante curiosité l'emporta et avant l'arrivée du contrôleur j'étais déjà plongé dans les placards de l'*Instruction secondaire* d'Amancio Alcorta. Au cours de cette première matinée consacrée aux belles-lettres, exigus furent les services que je pus rendre — sacrebleu ! — car, submergé par tous les énormes problèmes de la profession, je lisais et relisais insensible aux *erratas* les plus monumentaux : lignes inversées, bourdons ou énormes pâtés. A Plaza, il ne me restait plus qu'à articuler le traditionnel « A la revoyure, Arthur », mais dès le lendemain matin je causai une grande surprise à mon nouvel ami, parcourant le quai avec un crayon que j'avais pris le soin de me procurer dans une succursale sérieuse, certes, de la librairie Europe.

« En gros ces tâches de correction durèrent un mois et demi ; vulgairement parlant, elles constituent le plus formidable apprentissage pour qui veut s'initier aux véritables rudiments de l'orthographe et de la ponctuation castillanes. D'A. Alcorta nous passâmes à *Pédagogie sociale* de Raquel Camaña, non sans effectuer un arrêt chez *Critique littéraire* de Pedro Goyena, ce qui me mit en condition d'affronter, avec un enthousiasme neuf, *Oranger en fleur* de José de Maturana ou *Le Dilettantisme sentimental* de Raquel Camaña. Je n'ai pas l'ombre d'un autre titre à vous offrir ; après ce dernier, don Wenceslao trancha dans le vif : il avait su apprécier mon application à sa juste valeur mais se voyait contraint, à son corps défendant, d'interrompre ma course ; en effet, don Pablo Oportet en personne lui proposait sous peu une intéressante promotion lui permettant d'arrondir substantiellement ses fins de mois. La chose semblait incompréhensible : don Wenceslao m'informait de ces nouveautés si déterminantes pour son horizon matériel et je remarquai pourtant son moral plus bas que terre, son air complètement écroulé. Une semaine plus tard, à l'occasion d'un achat de gimblettes à la maïzena destinées aux petites-filles de M. Margulis, le pharmacien de Burzaco, je quittai le bar de Constitución mon petit paquet à la main lorsque j'eus le plaisir de tomber sur don Wenceslao, attablé devant une grande omelette flambée, aux allures de bec de gaz, et son respectif verre de grog, dont la fumée le faisait tousser, en compagnie d'un potentat, teint olivâtre et somptueux pardessus d'astrakan, qui à cet instant précis lui allumait son cigare. Le potentat se caressait la moustache et parlait comme un commissaire-priseur, quant à M. Wenceslao, je vis sur son visage la pâleur de la mort. Le jour suivant, avant d'arriver à Talleres, il me confia sous le sceau du secret que son interlocuteur de la veille n'était autre que M. Moloch, de la société Moloch et Moloch, qui tenait à sa merci toutes les librairies du Paseo de Julio et de la Ribera. Il avait signé un contrat avec ce monsieur, à présent dépourvu de tout lien officiel avec la chaîne des bains turcs, de jolis tripots soit dit en passant, pour la fourniture d'ouvrages scientifiques et de cartes postales. Me témoignant la plus grande considération, cet homme bon comme le pain m'apprit ainsi sa nomination, par le directoire, en qualité de gérant responsable de la maison d'édition. A ce titre il avait déjà participé à une longue séance du centre des imprimeurs, où cette bande d'Asturiens lui avait à peine laissé le temps de se glisser dans son fauteuil avant de l'expédier au triple galop. J'étais sous le charme, monsieur, mais soudain le convoi fut agité d'une secousse et l'un des plis corrigés par don Wenceslao roula sur le sol. Je connais mon devoir : je plongeai aussitôt à quatre pattes pour le ramasser. Qu'avais-je fait là ! J'aperçus une gravure tellement licencieuse que j'en devins rouge comme une tomate. Dissimulant de mon mieux, je la lui restituai telle la plus convenable des images. Grâce à ma bonne étoile, don Wenceslao jouait si bien les chevaliers à la triste figure qu'il ne se rendit compte de rien du tout.

« Le lendemain, un samedi, nous ne voyageâmes pas ensemble ; vous saisissez ? Sans doute l'un d'entre nous avait-il précédé l'autre.

« Après m'être envoyé un premier petit somme, la consultation de l'almanach m'indiqua que ce dimanche était le jour de mon anniversaire. Une hypothèse confirmée par le plat de friands dont me gratifie toujours la délicatesse de Mme Aquino Derisi, qui prêta ses services d'accoucheuse à madame ma mère. Humer l'odeur délicieuse de ces mets, qui nous sont tellement particuliers, et imaginer à quel point pourrait se révéler instructive une soirée passée avec M. Zalduendo, ce fut tout un comme on dit à Burzaco. J'attendis prudemment sur la banquette de la cuisine que le soleil s'adoucît — car les insolations de policiers étaient à l'ordre du jour — et m'y tins jusqu'à huit heures et quart passées, appliquant une couche supplémentaire de peinture noire sur un petit meuble décoratif réalisé de mes propres mains, à l'aide de boîtes de sucre Lanceros. Bien entortillé dans mon écharpe, de peur de ces maudits refroidissements, je pris le 11, c'est-à-dire que je me rendis à pinces chez mon maître et ami. J'y entrai tel le chien dans sa niche, monsieur, vu que la porte de M. Zalduendo reste toujours ouverte, comme son cœur. L'amphitryon brillait par son absence ! Pour n'avoir pas parcouru cette longue trotte en vain, je décidai de patienter un instant, dans l'hypothèse d'un retour soudain de mon hôte. Du côté du porte-savon, pas très loin du broc et de la cuvette, se dressait une pile de livres que je me permis de feuilleter. Je vous le dis et vous le répète, ils venaient de l'Imprimerie Oportet & Haereses et j'aurais dû m'abstenir. On a bien raison de prétendre que celui qui n'apprend qu'une chose s'en souvient ; je n'ai pas encore oublié, au jour d'aujourd'hui, ces livres que faisait imprimer don Wenceslao. Les couvertures arboraient des chrétiennes nues et en couleurs, et en guise de titre : *Le Jardin des parfums, L'Espion chinois, L'Hermaphrodite* d'Antonio Panormitano, *Kama-Soutra et/ou Ananga-Ranga, Les Capotes mélancoliques,* outre les œuvres d'Eléfantis et de l'archevêque de Benevento. Sapristi ! je ne suis pas un de ces puritains outranciers, quand je cède à un moment de folie je ne m'offusque guère, même lorsque le curé de Turdera pose une de ses devinettes scabreuses, mais trop c'est trop, voyez-vous, certains excès dépassent les bornes, je résolus donc de gagner ma couche. Sans mentir, je m'enfuis comme si j'avais le diable aux trousses.

« Plusieurs jours passèrent et je ne savais plus rien de don Wenceslao. La nouvelle éclata ensuite comme une bombe et se répandit de bouche en bouche, nouvelle dont je fus le dernier informé. Un après-midi, le garçon coiffeur me montra une photo de don Wenceslao, ressemblant plutôt à un nègre renoirci, sous cette légende : DIGESTION DIFFICILE POUR LE PORNOGRAPHISTE. L'ESCROQUERIE EST INDISCUTABLE. Bien qu'assis, j'en eus les jambes coupées et mon regard se voila. Je lus de bout en bout le petit entrefilet, frappé de stupeur, surtout endolori par le ton irrespectueux avec lequel on parlait de M. Zalduendo.

« Don Weceslao sortit de prison deux ans plus tard. Sans tambour ni trompette, ça n'était pas dans son caractère, notre homme revint à Burzaco. Transformé en squelette, monsieur, mais le front haut. Il avait renoncé aux trajets ferroviaires, ne sortant même plus de chez lui pour quelque promenade jusqu'aux villages des alentours. De cette époque, il garde le surnom affectueux de Pépé-Tortue, une allusion, allez savoir pourquoi, au fait qu'il était toujours fourré dans sa maison ; on ne le rencontrait plus nulle part, pas plus au dépôt de fourrages Buratti que chez Reynoso, l'éleveur de volailles. Il avait tiré un trait définitif sur les raisons de son malheur mais je découvris de fil en aiguille le pot aux roses : abusant de l'infinie bonté de don Wenceslao, M. Oportet lui avait fait porter le chapeau lorsque son affaire de librairie avait mal tourné.

« Dans la louable intention de lui procurer une bonne dose de distraction, je profitai d'un petit dimanche où l'atmosphère s'y prêtait pour lui amener les bambins déguisés en *pierrot* du docteur Margulis ; le lundi, ma marotte d'aller pêcher dans les flaques faillit le tenter. Le distraire, quelle prétention ! Pas plus de pêche que de beurre en branche ! En fin de compte ce fut moi qui en restai comme deux ronds de flan.

« M. don Tortue se préparait un petit maté dans la cuisine. Je m'assis le dos contre la fenêtre donnant maintenant sur les arrières de l'Union Sportive et autrefois sur la rase campagne. Le Maître déclina avec la plus grande urbanité mon invitation à la pêche et ajouta, souverainement bon à l'instar de celui qui ausculte son cœur à tout moment, qu'il n'avait plus besoin de passe-temps depuis que l'Etre Suprême se manifestait de façon si évidente.

« Au risque de passer pour un enquiquineur, je le priai de m'éclairer sur ce sujet ; voici la réponse de ce visionnaire, sans lâcher sa bouilloire lie-de-vin :

« — Accusé d'escroquerie et d'un trafic de livres infâmes, je fus enfermé dans la cellule 272 du Pénitencier National. Entre ces quatre murs, ma seule préoccupation était le temps. Le premier matin du premier jour, je pensai parcourir la pire des étapes, mais si j'atteignais le jour suivant, j'en serais déjà au deuxième, c'est-à-dire plus près du dernier, le sept cent trentième. Malheureusement, tout en me faisant cette réflexion, le temps ne passait pas, je me trouvais encore au début du matin du premier jour. J'avais épuisé tous les expédients me venant à l'esprit en l'espace d'un instant. Je comptai. Je récitai le Préambule de la Constitution. Je débitai le nom des rues situées entre Balcarce et l'avenue La Plata, puis entre Rivadavia et Caseros ; je gagnai ensuite le Nord et dis les rues depuis Santa Fe jusqu'à Triunvirato. Par chance une erreur du côté de Costa Rica me retarda un peu, j'arrivai presque ainsi à neuf heures du matin. La Grâce me toucha-t-elle ? En tout cas je me mis à prier. Je me sentis comme inondé de fraîcheur et je crois que la nuit tomba très rapidement. Je découvris au bout d'une semaine que je ne pensais plus au temps. N'en doutez pas, mon jeune ami Larramendi, lorsque s'achevèrent les deux années de condamnation, elles me semblèrent s'être évanouies en un souffle. C'est vrai que le Seigneur m'avait octroyé de nombreuses visions, toutes franchement précieuses.

« Le visage de don Wenceslao s'adoucissait au fur et à mesure qu'il prononçait ces mots. J'attribuai d'abord cette félicité au souvenir, mais je compris ensuite qu'il se produisait quelque chose derrière moi. Je me retournai, monsieur. Je vis ce qui remplissait les yeux de don Wenceslao.

« Il y avait beaucoup d'agitation dans le ciel. De grands objets montaient des bosquets de l'entreprise agricole Mamantiales et du virage de la voie ferrée. Ils se dirigeaient en procession vers le zénith. Certains paraissaient évoluer autour des autres, mais sans gêner le mouvement général, et tous s'élevaient. Moi je ne les quittais pas des yeux et c'était comme si je montais avec eux. Je vous avouerai que de prime abord je ne saisis pas ce dont il s'agissait, bien qu'éprouvant déjà le bien-être par leur contagion.

« A la réflexion, peut-être émettaient-ils leur propre lumière, car il commençait à se faire tard et je n'en perdais pas un iota.

« Le premier que je distinguai — et force nous est d'admettre que c'est bizarre, car la forme n'est pas particulièrement limpide — était une énorme aubergine farcie qui ne tarda pas à disparaître, cachée par l'auvent de la galerie, mais un plat de hachis à la viande lui emboîtait déjà le pas, dont le fond, monsieur, devait mesurer au bas mot mille mètres. La grande surprise voguait à droite, au niveau supérieur : un seul et unique pot-au-feu à l'espagnole, avec son boudin et son lard, escorté en revanche par tant de filets de poisson qu'on ne savait plus où donner de la tête. La totalité du ponant devenait risotto, tandis qu'au sud des boulettes, la confiture de potiron et la crème caramel campaient sur leurs positions. A tribord des rissoles défilait la poitrine roulée à l'orientale, sous le dais formé par quelques omelettes baveuses. Je me souviendrai toujours de deux rivières qui se croisaient sans se mélanger : un petit bouillon de poule bien dégraissé et de longues colonnes de viande en croûte, de quoi vous dégoûter de l'arc-en-ciel. A un certain moment mon visuel se trouva dévié par une quinte de ma toux canine et je faillis laisser passer une croquette aux épinards, effacée en un clin d'œil par des chapelets d'andouillettes grillées, pour ne rien dire des petits cannellonis bien chauds qui, se déployant en éventail, prirent fermement possession de la voûte céleste. Ces derniers furent ensuite balayés par un fromage frais, dont la surface spongieuse envahit l'azur tout entier. Cet aliment resta figé, comme s'il coiffait le monde, et moi j'espérais ardemment qu'il remplacerait à jamais les étoiles et le bleu des cieux. Un instant après il ne restait pas trace de ces victuailles.

— Pauvre de moi, je ne fis même pas mes adieux à don Wenceslao. Les jambes flageolantes, je parcourus une bonne demi-lieue de terrains vagues, entrai en bolide dans l'auberge de la gare et y dînai de si bon appétit que le spectacle valait à coup sûr le déplacement.

« C'est tout, monsieur, ou presque tout. Je n'eus plus jamais la chance de participer aux visions de don Wenceslao, mais celui-ci m'assura qu'elles n'étaient pas moins merveilleuses. Je le crois car M. Zalduendo était de l'or en barre, outre le fait qu'un soir, en passant chez lui, toute la campagne embaumait la friture.

« Vingt jours après, M. Zalduendo était un corps sans vie, et son esprit intègre put enfin s'envoler vers le firmament, où sans nul doute l'accompagnent à présent tous ces menus et friandises.

« Je vous suis reconnaissant de m'avoir écouté. Juste une dernière chose : portez-vous bien Sébastien.

— Bon vent Alban.

Pujato, 19 octobre 1946.

TABLE DES MATIÈRES

Achevé d'imprimer
sur les Presses Bretoliennes
27160 Breteuil-sur-Iton

Dépôt légal : octobre 1984
N° d'édition : K 954 — N° d'impression : 214